MANESSE  BÜCHEREI

3

André Gide
Die Pastoral-Symphonie

Eine Erzählung

Aus dem Französischen
übertragen von Gerda Scheffel

Manesse Verlag

Zürich

Erstes Heft

10. Februar 1890

Der Schnee, der seit drei Tagen unaufhörlich fällt, versperrt die Straßen. Ich habe nicht nach R . . . fahren können, wo ich seit fünfzehn Jahren zweimal im Monat den Gottesdienst zu halten pflege. Heute morgen waren nur dreißig Gläubige in der Kapelle von La Brévine versammelt.

Ich werde die Muße nutzen, die mir diese aufgezwungene Abgeschiedenheit verschafft, um in die Vergangenheit zurückzukehren und zu erzählen, wie ich dazu kam, mich Gertrudes anzunehmen.

Ich habe mir vorgenommen, hier alles aufzuschreiben, was die Bildung und Entwicklung dieser frommen Seele betrifft, die ich, wie mir scheint, nur für Anbetung und Liebe aus der Nacht geholt habe. Gelobt sei der Herr, der mir diese Aufgabe anvertraut hat.

Es war vor zweieinhalb Jahren, ich kam von La Chaux-de-Fonds zurück, als ein mir unbekanntes kleines Mädchen mich eiligst holte und mich sieben Kilometer weit zu einer alten Frau führte, die im Sterben lag. Das Pferd war noch nicht ausgespannt, ich ließ das Kind in den Wagen steigen, nachdem ich mich mit einer Laterne versehen hatte, denn ich vermutete, daß ich nicht vor Dunkelheit zurück sein könnte.

Ich hatte geglaubt, die Umgebung der Gemeinde be-
wundernswert gut zu kennen; doch nachdem wir den
Hof La Saudraie hinter uns gelassen hatten, hieß mich
das Kind eine Straße einschlagen, bis zu der ich noch
nie vorgedrungen war. Dennoch erkannte ich zwei
Kilometer entfernt zur Linken einen kleinen geheim-
nisvollen See, auf dem ich als junger Mann hin und
wieder Schlittschuh gelaufen war. Seit fünfzehn Jahren hatte ich ihn nicht mehr wiedergesehen, da mich
keinerlei seelsorgerische Pflichten in diese Richtung
rufen. Ich hätte nicht mehr sagen können, wo er
lag, und hatte ihn soweit vergessen, daß es, als ich
ihn plötzlich in der rosa-goldenen Verzauberung des
Abends erkannte, mir schien, ich hätte ihn vorher nur
im Traum gesehen.

Die Straße folgte dem Wasserlauf, der seinen Abfluß
bildete, durchschnitt das äußere Ende des Waldes und
führte dann an einem Torfmoor entlang. Ganz sicher
war ich hier noch nie gewesen.

Die Sonne ging unter, und wir waren lange in der
Dämmerung gefahren, als endlich meine junge Be-
gleiterin mit dem Finger auf eine Strohhütte an einem
Abhang wies, die man für unbewohnt hätte halten
können, wenn nicht ein winziger Rauchfaden aus
ihr aufgestiegen wäre, erst bläulich im Dämmerlicht,
dann ins Gelb sich wandelnd im Gold des Himmels.
Ich band das Pferd an einen nahen Apfelbaum und
folgte dann dem Kind in das dunkle Zimmer, in dem
die Alte gerade verschieden war.

Die Strenge der Landschaft, die Stille und die Feier-
lichkeit der Stunde hatten mich ergriffen. Eine noch

junge Frau kniete neben dem Bett. Das Kind, das ich für die Enkelin der Verstorbenen gehalten hatte, aber nur ihre Magd war, zündete eine qualmende Kerze an, dann blieb es unbeweglich am Fußende des Bettes stehen. Während des langen Weges hatte ich versucht, ein Gespräch zu beginnen, hatte jedoch nur ein paar Wörter aus ihm herausbekommen.

Die kniende Frau erhob sich. Sie war keine Verwandte, wie ich zunächst vermutet hatte, sondern lediglich eine Nachbarin, eine Freundin, die die kleine Magd geholt hatte, als sie ihre Herrin im Sterben liegen sah, und die sich für die Totenwache anbot. Die Alte, sagte sie mir, sei ohne Schmerzen verlöscht. Wir kamen über die nötigen Vorkehrungen für die Bestattung und die Totenfeier überein. Wie so häufig in dieser verlassenen Gegend mußte ich alles entscheiden. Ich muß gestehen, daß es mir etwas unangenehm war, dieses Haus, so arm es auch wirkte, allein der Obhut dieser Nachbarin und der kindlichen Magd zu überlassen. Aber schließlich war es kaum wahrscheinlich, daß es in einem Winkel dieser armseligen Behausung einen verborgenen Schatz geben würde ... Und was konnte ich hier tun? Dennoch fragte ich, ob die Alte keine Erben hinterlassen habe.

Die Nachbarin nahm daraufhin die Kerze, leuchtete zum Herd, und ich konnte ein unbestimmtes Wesen erkennen, das vor der Feuerstelle hockte und zu schlafen schien; die dichte Masse seiner Haare verbarg fast vollständig sein Gesicht.

«Dieses blinde Mädchen; eine Nichte, wie die Magd meint; darauf beschränkt sich offensichtlich die Familie. Man muß sie ins Spital bringen; sonst wüßte ich nicht, was aus ihr werden soll.»

Es mißfiel mir, daß in solcher Weise vor ihr über ihr Schicksal bestimmt wurde, und ich dachte an den Kummer, den ihr die groben Worte bereiten könnten.

«Wecken Sie sie nicht auf», sagte ich leise, um die Nachbarin zu veranlassen, wenigstens die Stimme zu senken.

«Oh, ich glaube nicht, daß sie schläft; sie ist schwachsinnig; sie spricht nicht und versteht nichts von dem, was man sagt. Seitdem ich heute morgen in der Stube bin, hat sie sich praktisch nicht gerührt. Zuerst habe ich gedacht, sie sei taub; aber die Magd behauptet, das stimme nicht, die Alte, die selbst taub war, habe nur nie mit ihr geredet, so wenig wie mit anderen Leuten, sie habe schon seit langem den Mund nur noch zum Essen und Trinken aufgemacht.»

«Wie alt ist sie?»

«Ich nehme an, etwa fünfzehn; im übrigen weiß ich nicht mehr darüber als Sie . . .»

Es kam mir nicht sofort in den Sinn, selbst für die arme Verlassene Sorge zu tragen; doch nachdem ich gebetet hatte – oder genauer während meines Gebetes, das ich zwischen der Nachbarin und der kleinen Magd, die beide am Kopfende des Bettes knieten, selbst kniend verrichtete –, erschien es mir plötzlich, als lege mir Gott eine Art Verpflichtung auf meinen Weg und als könne ich mich dieser nicht ohne Feigheit entziehen.

Als ich mich erhob, war mein Entschluß gefaßt, das Kind am gleichen Abend mit mir zu nehmen, obwohl ich mich noch nicht eindeutig gefragt hatte, was ich mit ihm in der Folgezeit machen würde und wem ich es anvertrauen wollte. Ich verweilte noch einige Augenblicke und betrachtete das Gesicht der entschlafenen Alten, deren faltiger, eingesunkener Mund wie von den Schnüren der Geldbörse eines Geizigen zusammengezogen schien, angewiesen, nichts entweichen zu lassen. Dann wandte ich mich in die Richtung der Blinden und gab der Nachbarin meine Absicht bekannt.

«Es ist besser, sie ist morgen nicht da, wenn der Leichnam weggetragen wird», sagte sie. Und das war alles.

Vieles wäre leicht zu machen, wenn es den Menschen nicht manchmal gefiele, trügerische Einwände zu erfinden. Wie häufig werden wir von Kindheit an daran gehindert, dieses oder jenes zu tun, was wir gerne täten, nur weil wir ständig um uns herum hören: Er kann das nicht...

Die Blinde ließ sich wie eine willenlose Masse wegführen. Ihre Gesichtszüge waren regelmäßig, sehr schön, doch völlig ausdruckslos. Ich hatte eine Decke von dem Strohsack genommen, auf dem sie sicher gewöhnlich schlief und der sich in einer Ecke des Raumes unter einer Treppe befand, die zum Speicher führte.

Die Nachbarin hatte sich gefällig erwiesen und mir geholfen, sie sorgsam einzupacken, denn die Nacht war sehr klar und kühl; und nachdem ich die Laterne des Einspänners angezündet hatte, war ich abgefahren, das seelenlose Fleischbündel mit mir nehmend, das an mir lehnte und dessen Leben ich nur durch die

Vermittlung einer dumpfen Wärme wahrnahm. Den ganzen Weg über dachte ich: Schläft sie? und mit welch düsterem Schlaf... Und worin unterscheidet sich hier das Wachsein vom Schlaf? Als Gast dieses undurchdringlichen Leibes wartet gewiß eine eingeschlossene Seele darauf, daß endlich ein Strahl deiner Gnade, o Herr, sie berühre. Wirst du es zulassen, daß meine Liebe vielleicht die schreckliche Nacht aus ihr vertreibt?...

Ich bin zu sehr um Wahrheit bemüht, als daß ich den ärgerlichen Empfang verschweigen will, den ich bei meiner Rückkehr zu Hause über mich ergehen lassen mußte. Meine Frau ist ein Hort der Tugend, und selbst in den schweren Augenblicken, die wir hin und wieder durchleben mußten, habe ich keine Sekunde an dem Wert ihres Herzens zweifeln können; doch ihre natürliche Barmherzigkeit möchte nicht überrascht werden. Sie ist ein Mensch der Ordnung, der darauf hält, nicht über die Pflicht hinauszugehen, ebensowenig wie vor ihr stehenzubleiben. Selbst ihre Barmherzigkeit ist geregelt, als sei die Liebe ein sich erschöpfender Schatz. Das ist unser einziger Streitpunkt...

Ihr erster Gedanke, als sie mich an jenem Abend mit der Kleinen heimkehren sah, entfuhr ihr mit dem Schrei:

«Was hast du dir denn da wieder aufgeladen?»

Wie jedesmal, wenn eine Auseinandersetzung zwischen uns bevorstand, schickte ich zunächst die Kinder hinaus, die mit offenen Mündern herumstanden, überrascht und voller Fragen. Ach, wie weit dieser Empfang von dem entfernt war, den ich hätte erwarten können! Nur meine liebe kleine Charlotte begann zu tanzen und mit den Händchen zu klatschen, als sie begriff, daß etwas Neues, etwas Lebendiges aus dem Wagen kommen würde. Doch die anderen, die bereits von ihrer Mutter geformt sind, haben sie rasch gezügelt und ihre Freude gedämpft.

Es gab einen Augenblick großer Verwirrung. Und da weder meine Frau noch die Kinder schon wußten, daß sie es mit einer Blinden zu tun hatten, konnten sie sich die außergewöhnliche Aufmerksamkeit, mit der ich ihre Schritte lenkte, nicht erklären. Ich selbst war völlig aus der Fassung gebracht durch die seltsamen Seufzer, die die arme Behinderte auszustoßen begann, sobald meine Hand die ihre losließ, die ich während der ganzen Fahrt gehalten hatte. Diese Laute hatten nichts Menschliches, man hätte sie für das klagende Jaulen eines kleinen Hundes halten können. Da sie zum ersten Mal dem engen Kreis der gewohnten Eindrücke entrissen war, die ihre gesamte Welt bildeten, versagten ihr die Knie; doch als ich ihr einen Stuhl hinschob, ließ sie sich auf den Boden fallen, wie jemand, der sich nicht zu setzen versteht; daraufhin führte ich sie zum Herd, und sie wurde etwas ruhiger, als sie sich in der gleichen Stellung hinhocken konnte, in der ich sie zuerst vor der Feuerstelle der Alten gesehen hatte, gegen die Kamineinfassung gestützt. Schon im Wagen hatte sie sich vom Sitz gleiten lassen und die ganze Fahrt über zu meinen Füßen gekauert. Immerhin half mir meine Frau, deren natürlichste Regung immer die beste ist; doch ihr Verstand kämpft unaufhörlich, und häufig trägt er den Sieg über ihr Herz davon.

«Was beabsichtigst du, damit zu machen?» fragte sie, nachdem die Kleine ihren Platz gefunden hatte.

Meine Seele zitterte, als sie dieses unpersönliche Wort hörte, und ich hatte Mühe, einen Anflug der Empörung zu unterdrücken. Doch da ich noch ganz erfüllt war von meinem langen, friedvollen Nachdenken, hielt ich mich zurück, und zu allen jenen gewandt, die erneut im Kreis um uns standen, legte ich meine Hand auf die Stirn der Blinden und sagte, so feierlich ich konnte:

«Ich führe das verlorene Schaf heim.»

Doch Amélie läßt nicht gelten, daß es irgend etwas Unvernünftiges oder jenseits des Vernünftigen Liegendes in der Lehre des Evangeliums gibt. Ich sah, daß sie protestieren wollte, und daher machte ich Jacques und Sarah ein Zeichen, die, an unsere kleinen ehelichen Zwistigkeiten gewöhnt und im übrigen von Natur aus wenig neugierig (nach meiner Auffassung sogar häufig zu wenig), die beiden Kleinen hinausbrachten. Dann fügte ich hinzu, da meine Frau immer noch stumm war und, wie mir schien, durch die Anwesenheit des Eindringlings etwas aufgebracht:

«Du kannst vor ihr sprechen, das arme Kind versteht nichts.»

Nun begann Amélie zu versichern, daß sie mir gewiß nichts zu sagen habe – was gewöhnlich das Vorspiel zu langen Auseinandersetzungen ist – und daß sie sich wie stets dem unterordnen müsse, was ich mir an besonders Unpraktischem, der Gewohnheit und dem gesunden Menschenverstand Entgegengesetztem ausdenken würde. Ich habe bereits geschrieben, daß ich in keiner Weise entschieden hatte, was ich mit dem Kind machen würde. Ich hatte die Möglichkeit, es in unsere Häuslichkeit aufzunehmen, noch gar nicht ins Auge gefaßt, oder nur ganz unbestimmt, und ich kann beinahe behaupten, daß Amélie es war, die mir als erste den Gedanken eingab, indem sie mich fragte, ob ich nicht der Meinung sei, wir wären «schon genug im Haus». Dann erklärte sie, daß ich immer voranschritte, ohne mich je um die Ausdauer jener zu bekümmern, die folgten, daß sie persönlich der Ansicht sei, fünf Kinder genügten, daß seit der Geburt von Claude (der genau in diesem Augenblick, als hätte er seinen Namen vernommen, in seiner Wiege laut zu schreien begann) «das Maß voll» sei und sie sich am Ende ihrer Kräfte fühle.

Bei den ersten Sätzen ihres Ausfalls stiegen mir einige Worte Christi aus dem Herzen und auf die Zunge, doch ich unterdrückte sie, da ich es stets als unschicklich empfinde, mein Verhalten in den Schutz der Autorität der Heiligen Schrift zu stellen. Als sie jedoch ihre Erschöpfung ins Feld führte, wurde ich kleinlaut, denn ich gebe zu, daß die Folgen meines unbedachten, beschwingten Eifers mehr als einmal auf meiner Frau gelastet haben.

Ihre Vorhaltungen hatten mir jedoch meine Pflicht gewiesen; ich beschwor also Amélie, sehr sanft zu prüfen, ob sie an meiner Stelle nicht ebenso gehandelt hätte und ob sie fähig gewesen wäre, ein Wesen in so großer Not zurückzulassen, das ganz offenkundig niemanden mehr hatte, auf den es sich stützen konnte; ich fügte hinzu, daß ich mir keine Illusionen machte über die neuen großen Mühen, die die Pflege des behinderten Gastes zu den häuslichen Sorgen hinzufügen würde, und ich es bedauerte, daß ich sie nicht öfter dabei unterstützen könnte. Schließlich besänftigte ich sie, so gut ich konnte, und flehte sie auch an, nicht auf die Unschuldige ein Ressentiment zu übertragen, das diese in keiner Weise verdient hätte. Dann gab ich ihr zu verstehen, daß Sarah jetzt in dem Alter sei, ihr mehr zu helfen, und Jacques ohne ihre Unterstützung auskäme. Kurz, Gott legte mir die nötigen Worte in den Mund, um ihr zu helfen, in etwas einzuwilligen, was sie, dessen bin ich gewiß, gern auf sich genommen hätte, wenn das Ereignis ihr Zeit zum Nachdenken gelassen und ich nicht so überraschend über ihren Willen verfügt hätte.

Ich hielt die Partie für fast gewonnen, und meine teure Amélie näherte sich bereits wohlwollend Gertrude; doch plötzlich flammte ihr Ärger erneut auf, als sie mit der Lampe in der Hand ein wenig das Kind prüfte und dessen unsäglich schmutzigen Zustand bemerkte.

«Das ist ja die wahre Pest», schrie sie. «Bürste dich ab, schnell, bürste dich ab. Nein, nicht hier. Geh raus und schüttle draußen deine Sachen aus. Ach, mein Gott, die Kinder werden es abbekommen. Es gibt nichts, was ich mehr fürchte als Ungeziefer.»

Man konnte es nicht leugnen, die arme Kleine war über und über bedeckt damit, und ich konnte mich bei dem Gedanken, daß ich sie im Wagen so lange an mich gedrückt hatte, nicht eines Anflugs von Abscheu erwehren.

Als ich zwei Minuten später wieder hereinkam, nachdem ich mich, so gut es ging, gereinigt hatte, fand ich meine Frau, den Kopf in den Händen, schluchzend in einem Sessel zusammengesunken.

«Es war nicht meine Absicht, deine Standhaftigkeit einer solchen Prüfung zu unterziehen», sagte ich ihr zärtlich. «Wie dem auch sei, es ist heute abend spät geworden, und man sieht nicht genug. Ich bleibe auf, um das Feuer zu unterhalten, neben dem die Kleine schlafen kann. Morgen schneiden wir ihr die Haare ab und waschen sie ordentlich. Du wirst dich erst um sie kümmern, wenn du sie ohne Ekel ansehen kannst.» Und ich bat sie, den Kindern nichts davon zu sagen.

Es war Zeit zum Abendessen. Mein Schützling, dem unsere alte Rosalie heftige feindliche Blicke zuwarf, während sie uns bediente, verschlang gierig den Teller Suppe, den ich ihr hinstellte. Die Mahlzeit verlief schweigend. Ich hätte gern mein Abenteuer erzählt, mit den Kindern darüber gesprochen, ihre Gefühle geweckt, indem ich sie das Befremdliche einer solch absoluten Armut hätte begreifen und nachfühlen lassen, hätte gern ihr Mitleid, ihre Sympathie für jene geweckt, die Gott uns aufforderte in unserer Mitte aufzunehmen; aber ich fürchtete, Amélies Ärger erneut zu wecken. Es schien, als sei eine Anweisung gegeben worden, über das Ereignis hinwegzugehen und es zu vergessen, obwohl doch gewiß niemand von uns an etwas anderes denken konnte.

Ich war außerordentlich bewegt, als über eine Stunde später, nachdem alle zu Bett gegangen waren und Amélie mich allein im Zimmer gelassen hatte, meine kleine Charlotte die Tür einen Spalt öffnete und leise hereinkam, im Nachthemd und mit bloßen Füßen, sich an meinen Hals warf und mich heftig umschlang.

«Ich habe dir nicht richtig gute Nacht gesagt», murmelte sie.

Dann, ganz leise, indem sie mit ihrem kleinen Zeigefinger auf die Blinde wies, die in unschuldsvoller Ruhe dalag und die sie, von Neugier getrieben, noch einmal sehen wollte, bevor sie sich dem Schlaf überließ:

«Warum habe ich ihr keinen Kuß gegeben?»

«Morgen gibst du ihr einen. Jetzt wollen wir sie in Frieden lassen. Sie schläft», sagte ich ihr, während ich sie zur Tür zurückführte.

Dann setzte ich mich wieder und arbeitete bis zum Morgen, lesend oder meine nächste Predigt vorbereitend.

Ganz gewiß, dachte ich (dessen entsinne ich mich), zeigt sich Charlotte heute sehr viel liebevoller als ihre älteren Geschwister; doch hat mich nicht jedes von ihnen in dem Alter zunächst hinters Licht geführt? Selbst mein großer Jacques, der heute so reserviert ist, so auf Abstand bedacht... Man hält sie für zärtlich, doch sie wollen sich einschmeicheln und Gefallen erwecken.

27. Februar

Der Schnee ist heute nacht weiter in großen Mengen gefallen. Die Kinder sind entzückt, weil man, wie sie sagen, bald gezwungen sein wird, das Haus durch die Fenster zu verlassen. Tatsächlich ist die Tür heute morgen blockiert, und wir können nur durch die Waschküche hinaus. Gestern habe ich mich vergewissert, daß das Dorf noch genügend Vorräte hat, denn wir werden zweifellos einige Zeit vom Rest der Menschheit abgeschnitten bleiben. Das ist nicht der erste Winter, in dem uns der Schnee einsperrt, aber ich kann mich nicht erinnern, daß ich je das Hindernis so mächtig gesehen hätte. Ich nutze die Gelegenheit, um den Bericht weiterzuführen, den ich vor einigen Tagen begonnen habe.

Ich habe gesagt, daß ich mich, als ich die Behinderte zu uns brachte, kaum richtig gefragt hatte, welchen Platz sie im Haus einnehmen würde. Ich kenne die geringe Widerstandskraft meiner Frau; ich wußte, wieviel Platz wir zur Verfügung haben und welche bescheidenen Mittel. Ich hatte wie stets ebenso aus natürlicher Veranlagung gehandelt wie aus Prinzip, ohne den geringsten Versuch, die Ausgaben zu berechnen, zu denen mein Eifer mich vielleicht veranlassen würde (was mir stets im Widerspruch zum Evangelium zu stehen schien). Doch es ist eine Sache, auf Gott bauen zu sollen, und eine andere, die Last seinen Nächsten aufzubürden. Ich erkannte bald, daß ich eine schwere Aufgabe auf Amélies Schultern geladen hatte, so schwer, daß ich zunächst ganz beschämt war.

Ich hatte ihr, so gut ich es vermochte, dabei geholfen, der Kleinen die Haare abzuschneiden, was sie, wie ich deutlich sah, nur mit Widerwillen machte. Doch als es darum ging, sie zu waschen und zu reinigen, mußte ich das meiner Frau überlassen; und ich begriff, daß mir die schwersten und unangenehmsten Aufgaben entgehen würden.

Im übrigen erhob Amélie nicht mehr den geringsten Protest. Es schien, als hätte sie sich während der Nacht besonnen und mit der neuen Last abgefunden; sie schien sogar etwas Freude an ihr zu haben, und ich sah sie lächeln, nachdem sie Gertrude fertig zurechtgemacht hatte. Eine weiße Mütze bedeckte Gertrudes kahlen Kopf, den ich mit einer Salbe eingeschmiert hatte; ein paar alte Kleidungsstücke von Sarah und saubere Wäsche ersetzten die schmutzigen Lumpen, die Amélie ins Feuer geworfen hatte. Der Name Gertrude war von Charlotte ausgesucht und von uns allen sofort angenommen worden, denn wir kannten ihren wirklichen Namen nicht, den die Waise selbst auch nicht kannte und von dem ich nicht wußte, wo ich ihn finden könnte. Sie mußte etwas jünger sein als Sarah, so daß die Kleider, die diese vor einem Jahr verwachsen hatte, ihr paßten.

Ich muß hier die tiefe Enttäuschung gestehen, in der ich in den ersten Tagen versank. Sicherlich hatte ich mir einen ganzen Roman über Gertrudes Erziehung ausgedacht, und die Wirklichkeit zwang mich, allzu viel davon zu streichen. Ihr gleichgültiger stumpfer Gesichtsausdruck oder vielmehr ihre absolute Ausdruckslosigkeit ließ meinen guten Willen schon an seiner Quelle erstarren. Sie blieb den ganzen Tag am Feuer, voller Abwehr, und sobald sie unsere Stimmen hörte, besonders aber, sobald man sich ihr näherte, schienen sich ihre Züge zu verhärten; ihre Ausdruckslosigkeit schwand nur, um sich in Feindseligkeit zu verwandeln; bemühte man sich gar, ihre Aufmerksamkeit zu erregen, begann sie wie ein Tier zu wimmern, zu knurren. Dieses Grollen ließ erst bei den Mahlzeiten nach, die ich ihr selbst brachte und auf die sie sich mit einer tierischen Gier stürzte, die besonders schmerzhaft zu beobachten war. Und ebenso wie Liebe auf Liebe antwortet, fühlte ich, wie mich vor der eigensinnigen Verweigerung dieser Seele ein Gefühl der Abneigung ergriff.

Ja wirklich, ich bekenne, daß ich in den ersten zehn Tagen allmählich verzweifelte und sogar in einem solchen Maße mein Interesse an ihr verlor, daß ich meinen ersten Eifer bereute und sie am liebsten niemals mitgenommen hätte. Und interessanterweise ließ Amélie, die ein wenig triumphierte wegen dieser Gefühle, die ich ihr nicht gut verbergen konnte, ihre Aufmerksamkeit und Sorge um so mehr und aus um so vollerem Herzen, wie es schien, Gertrude angedeihen, seitdem sie fühlte, daß diese mir zur Last wurde und mich ihre Gegenwart in unserer Mitte quälte.

So stand es mit mir, als mich mein Freund, Doktor Martins aus dem Val Travers, auf einer Fahrt zu seinen Kranken besuchte. Er interessierte sich lebhaft für das, was ich ihm von Gertrude erzählte, und war zunächst höchst erstaunt darüber, daß sie in einem solchen Maße zurückgeblieben war, da sie schließlich doch nur blind sei; doch ich erklärte ihm, daß zu ihrem Gebrechen noch die Taubheit der Alten gekommen sei, die sich als einzige um sie gekümmert, aber nie mit ihr gesprochen habe, so daß das arme Kind in einem Zustand vollkommener Verlassenheit gelebt habe. Er überzeugte mich, daß ich in diesem Fall nicht zu verzweifeln brauchte, doch daß ich es falsch anstellte.

«Du willst mit Bauen anfangen», sagte er zu mir, «bevor du dich vergewissert hast, daß der Boden fest ist. Bedenke, daß in dieser Seele alles Chaos ist und selbst die ersten Grundzüge noch nicht bestimmt sind. Für den Anfang geht es darum, einige Tast- und Geschmacksempfindungen zu bündeln und daran wie ein Etikett einen Ton oder ein Wort zu befestigen, das du ihr bis zum Überdruß wiederholst und dann versuchst, daß sie es nachspricht.

Vor allem versuche nicht, zu schnell voranzugehen; beschäftige dich zu bestimmten Zeiten mit ihr, und niemals zu lange ...

Im übrigen ist diese Methode keine Hexerei», fügte er hinzu, nachdem er sie mir aufs genaueste auseinandergesetzt hatte. «Ich erfinde sie nicht, andere haben sie bereits angewandt. Erinnerst du dich nicht? Als wir in der Abiturklasse im Gymnasium waren, sprachen unsere Lehrer im Zusammenhang mit Condillac und seiner belebten Statue bereits von einem ähnlichen Fall wie diesem ... Es sei denn», verbesserte er sich, «ich hätte das später in einer Zeitschrift für Psychologie gelesen ... Gleichviel; es hat mich sehr beeindruckt, und ich erinnere mich sogar noch an den Namen des armen Kindes, das noch viel schlechter

dran war als Gertrude, denn es war blind und taub-
stumm, und das von einem Arzt aus irgendeiner englischen Grafschaft, auf deren Namen ich mich nicht
mehr besinne, in der Mitte des vorigen Jahrhunderts
aufgenommen worden war. Es hieß Laura Bridge-
man. Dieser Arzt hatte ein Tagebuch über die Fortschritte des Kindes geführt, wie du es auch tun solltest,
oder wenigstens hatte er es am Anfang geführt über
seine Anstrengungen, ihr etwas beizubringen. Tage-
und wochenlang beharrte er darauf, sie abwechselnd
zwei kleine Gegenstände anfassen und abtasten zu lassen, eine Nadel, dann eine Feder, und dann ließ er sie
auf einem für Blinde gedruckten Blatt das Relief der
beiden englischen Wörter *pin* und *pen* abtasten. Und
wochenlang erreichte er keinerlei Ergebnis. Der Körper schien unbewohnt zu sein. Dennoch verlor er
nicht die Zuversicht. ‹Ich kam mir vor wie jemand,
der über den Rand eines tiefen, dunklen Brunnens
gebeugt ist›, erzählte er, ‹und der verzweifelt ein Seil
bewegt in der Hoffnung, eine Hand würde danach
greifen.› Denn er zweifelte keinen Augenblick daran,
daß jemand da war, dort unten in der Tiefe, und daß
dieses Seil schließlich ergriffen würde. Und eines
Tages endlich sah er Lauras unbewegtes Gesicht sich
von einer Art Lächeln erhellen; ich glaube gern, daß
in diesem Moment Tränen der Dankbarkeit und der
Liebe seinen Augen entströmt sind und er auf die Knie
niederfiel, um dem Herrn zu danken. Laura hatte
plötzlich begriffen, was der Arzt von ihr wollte; ge-
rettet! Von diesem Tag an war sie aufmerksam; sie
machte rasche Fortschritte; bald unterrichtete sie sich

selbst, und später wurde sie Leiterin eines Blinden-
institutes – oder war das eine andere . . . Denn in jüng-
ster Zeit gab es noch mehr Fälle, über die Zeitungen
und Zeitschriften ausführlich berichtet haben, wobei
sie sich gegenseitig im Erstaunen darüber überboten,
meiner Meinung nach ziemlich törichterweise, daß
solche Geschöpfe glücklich sein können. Denn das ist
eine Tatsache: Jeder dieser Eingemauerten war glücklich, und sobald es ihnen gegeben war, sich auszudrücken, erzählten sie von ihrem *Glück*. Natürlich
waren die Journalisten hell begeistert und zogen dar-
aus eine Lehre für jene, die, ‹im Genuß› ihrer fünf
Sinne, dennoch die Stirn haben, sich zu beklagen . . .»
Hier entwickelte sich eine Diskussion zwischen Martins und mir, der ich mich gegen seinen Pessimismus
sträubte und nicht gelten ließ, daß die Sinne, wie er es
anzunehmen schien, letzten Endes nur dazu dienten,
uns zu peinigen.
«So meine ich das nicht», protestierte er, «ich will lediglich sagen, daß die menschliche Seele sich lieber
und müheloser die Schönheit, die Leichtigkeit und
die Harmonie vorstellt als die Zügellosigkeit und die
Sünde, die überall diese Welt verdunkeln, erniedri-
gen, beflecken und entzweien und über die unsere
fünf Sinne uns gleichermaßen unterrichten, wie sie
uns dazu beitragen lassen. Daher würde ich lieber zu
dem *Fortunatos nimium* von Virgil anleiten, dem *si sua
mala nescient,* als dem *si sua bona norint,* wie man uns
lehrt: Wie glücklich wären die Menschen, wenn sie in
der Unwissenheit über das Böse bleiben könnten!»
Dann sprach er über eine Erzählung von Dickens, von

der er glaubte, sie sei unmittelbar von Laura Bridgemans Beispiel angeregt, und die er mir sofort zu schicken versprach. Und vier Tage später erhielt ich tatsächlich *Die Grille am Herd,* die ich mit lebhaftem Vergnügen las. Es ist die etwas lange, aber stellenweise ergreifende Geschichte einer jungen Blinden, die ihr Vater, ein armer Spielzeugfabrikant, in der Illusion von Wohlleben, Reichtum und Glück wiegt; eine Lüge, die Dickens' Kunst sich bemüht als fromm gelten zu lassen, doch deren ich, Gott sei Dank! Gertrude gegenüber nicht bedarf.

Unmittelbar nach dem Tag, an dem Martins mich besucht hatte, begann ich, seine Methode in die Praxis umzusetzen, wobei ich mir die größte Mühe gab. Heute bedauere ich, daß ich über Gertrudes erste Schritte auf diesem dämmrigen Weg, auf dem ich sie selbst zunächst nur tastend führte, keine Notizen gemacht habe, wie er es mir geraten hatte. In den ersten Wochen war mehr Geduld nötig, als man glauben würde, nicht allein wegen der Zeit, die diese erste Erziehung forderte, sondern auch wegen der Vorwürfe, die sie mir einbrachte. Es ist mir peinlich, sagen zu müssen, daß diese Vorwürfe von Amélie kamen. Im übrigen, wenn ich hier davon spreche, so deshalb, weil ich nicht den geringsten Groll bewahrt habe, keinerlei Bitterkeit – ich lege in aller Form Zeugnis davon ab für den Fall, daß diese Blätter später einmal von ihr gelesen werden. (Wird uns das Vergeben von Kränkungen nicht von Christus gelehrt, unmittelbar nach dem Gleichnis vom verlorenen Schaf?) Ich gehe noch weiter: Selbst in den Augenblicken, in denen ich am stärksten unter ihren Vorwürfen litt, konnte ich ihr nicht dafür böse sein, daß sie die viele Zeit mißbilligte, die ich Gertrude widmete. Was ich ihr viel eher vorwarf, war ihr mangelndes Vertrauen, daß meine Fürsorge Erfolg haben würde. Ja, dieser fehlende Glaube schmerzte mich; im übrigen ohne mich zu entmutigen. Ständig mußte ich mir anhören, wie sie sagte: «Wenn du wenigstens zu einem Ergebnis kämst...» Und sie blieb hartnäckig überzeugt, daß meine Mühe vergebens sei; so daß es ihr natürlich als unpassend erschien, daß ich diesem Werk eine Zeit widmete, die, wie sie stets behauptete, anders besser angewandt wäre. Und jedesmal, wenn ich mich mit Gertrude beschäftigte, gelang es ihr, mir vorzuhalten, daß irgend jemand oder irgend etwas indessen auf mich wartete und ich für diese da eine Zeit vergeudete, die ich anderen schuldete. Schließlich glaube ich, daß so etwas wie eine mütterliche Eifersucht sie bewegte, denn ich bekam mehr als einmal zu hören: «Noch nie hast du dich so viel mit einem deiner eigenen Kinder beschäftigt.» Was stimmte; denn wenn ich meine Kinder auch sehr liebe, so habe ich doch nie geglaubt, ich müsse mich viel mit ihnen beschäftigen.

Ich habe häufig erfahren, daß das Gleichnis vom verlorenen Schaf zu jenen gehört, welche für manche Seelen, die sich doch für tief christlich halten, besonders schwer anzunehmen ist. Sie können sich nicht aufschwingen zu begreifen, daß jedes Schaf der Herde, für sich genommen, in den Augen des Hirten kostbarer sein kann, als die übrige Herde im ganzen genommen. Und die Worte: «Wenn irgendein Mensch hundert Schafe hätte und eins unter denselbigen sich verirrte: läßt er nicht die neunundneunzig auf den Bergen, gehet hin und suchet das verirrte?» – diese von Barmherzigkeit strahlenden Worte, würden sie, wenn sie offen zu reden wagten, für die empörendste Ungerechtigkeit erklären.

Das erste Lächeln von Gertrude tröstete mich für alles und lohnte mir hundertfach meine Fürsorge. Denn «so sich's begibt, daß er's findet, wahrlich, sage ich euch, er freut sich darüber mehr denn über die neunundneunzig, die nicht verirrt sind.» Ja wahrlich, sage ich euch, niemals hat das Lächeln irgendeines meiner Kinder mein Herz mit einer solchen seraphischen Freude überflutet wie jenes, das ich eines Morgens auf dem Gesicht dieser Statue habe aufgehen sehen, da es plötzlich schien, als beginne sie zu begreifen und sich für das zu interessieren, was ich mich seit so vielen Tagen bemühte, ihr beizubringen.

Der 5. März. Ich habe dieses Datum wie das einer Geburt notiert. Es war weniger ein Lächeln als eine Verklärung. Mit einem Schlag *belebten sich* ihre Züge; es war ein plötzliches Aufhellen, dem purpurnen Schimmer in den Hochalpen ähnlich, der als Vorbote der Morgenröte die schneebedeckten Gipfel vibrieren läßt, die er aus dem Dunkel holt und sichtbar macht; man könnte sagen, ein mystisches Alpenglühen; und ich dachte auch an den Teich Bethesda, als der Engel herabfährt und das Wasser bewegt. Ich empfand eine Art Verzückung vor dem engelhaften Ausdruck, den

Gertrude plötzlich annehmen konnte, denn es schien mir, daß das, von dem sie in diesem Augenblick heimgesucht wurde, weniger der Verstand war als die Liebe. Und mich erfaßte eine solche Woge der Dankbarkeit, daß es mir schien, als böte ich Gott den Kuß dar, den ich auf die schöne Stirn drückte.

So schwer dieses erste Ergebnis zu erreichen war, so schnell waren die Fortschritte unmittelbar darauf. Es kostet mich heute Mühe, mich zu besinnen, auf welchen Wegen wir vorangingen; manchmal schien es mir, Gertrude entwickle sich in Sprüngen, wie um sich über alle Methoden lustig zu machen. Ich erinnere mich, daß ich zunächst mehr auf der Beschaffenheit der Gegenstände beharrte als auf deren Verschiedenartigkeit: das Warme, das Kalte, das Laue, das Süße, das Bittere, das Harte, das Geschmeidige, das Leichte ... Dann die Bewegungen: entfernen, nähern, verknüpfen, verstreuen, sammeln usw. Bald gab ich jede Methode auf und redete mit ihr, ohne daß ich mich allzu sehr darum sorgte, ob ihr Geist mir auch immer folgte, doch langsam und indem ich sie aufforderte und anregte, mir nach Belieben Fragen zu stellen. Ganz gewiß arbeitete es in ihrem Geist während der Zeit, in der ich sie sich selbst überließ, denn jedesmal, wenn ich sie wieder aufsuchte, kam eine neue Überraschung, und ich fühlte mich durch eine weniger dichte Nacht von ihr getrennt. «Schließlich triumphieren auf diese Weise die Milde der Luft und die Beharrlichkeit des Frühlings nach und nach über den Winter», sagte ich mir. Wie oft habe ich die Art bewundert, wie der Schnee schmilzt: Man könnte meinen, die Decke nutze sich von unten her ab, da ihr Anblick der gleiche bleibt. Jeden Winter läßt sich Amélie täuschen und erklärt mir: «Der Schnee hat sich immer noch nicht verändert.» Man hält ihn noch für sehr hoch, während er bereits nachgibt und plötzlich hier und da das Leben wieder erscheinen läßt.

Da ich befürchtete, Gertrude würde kränkeln, wenn sie wie eine alte Frau ständig neben dem Feuer sitzen bliebe, hatte ich begonnen, sie hinauszuführen. Sie willigte jedoch nur an meinem Arm in einen Spaziergang ein. Ihre anfängliche Überraschung und Furcht, sobald sie das Haus verlassen hatte, ließen mich, noch bevor sie es ausdrücken konnte, begreifen, daß sie sich noch nie ins Freie gewagt hatte. In der Strohhütte, in der ich sie fand, hatte man sich nur um sie gekümmert, indem man ihr zu essen gab und ihr half, nicht zu sterben, denn ich erkühne mich nicht zu sagen: zu leben. Ihre dunkle Welt war allein von den Wänden dieses Zimmers begrenzt gewesen, das sie niemals verlassen hatte, und selbst an Sommertagen, wenn die Tür zur großen, lichten Welt offenstand, hatte sie sich kaum bis zur Schwelle vorgewagt. Später erzählte sie mir, sie habe das Vogelgezwitscher für einen reinen Lichteffekt gehalten, ebenso wie die Wärme, die ihre Wangen und Hände streichelte, denn ohne im übrigen genauer darüber nachzudenken, sei es ihr ganz natürlich erschienen, daß die warme Luft zu singen begann, so wie das Wasser am Feuer zu kochen beginnt. In Wahrheit hatte sie sich nicht darum gekümmert, hatte auf nichts geachtet und in einer tiefen

Erstarrung gelebt bis zu dem Tag, an dem ich begann, mich ihrer anzunehmen. Ich erinnere mich an ihr unerschöpfliches Entzücken, als ich ihr erklärte, daß die kleinen Stimmen aus lebenden Geschöpfen strömten, deren einzige Funktion es zu sein scheint, die verstreute Freude der Natur zu empfinden und auszudrücken. (Von diesem Tag an hatte sie die Gewohnheit zu sagen: Ich bin froh wie ein Vogel.) Und dennoch begann der Gedanke, daß diese Gesänge von der Herrlichkeit eines Schauspiels erzählten, das sie nicht betrachten konnte, sie schwermütig zu machen.

«Ist die Erde wirklich so schön, wie die Vögel es erzählen?» fragte sie. «Warum sagt man das nicht öfter? Und Sie, warum sagen Sie mir das nicht? Aus Angst, mir weh zu tun, weil Sie daran denken, daß ich es nicht sehen kann? Da hätten Sie unrecht. Ich höre den Vögeln so gut zu; ich glaube, ich verstehe alles, was sie sagen.»

«Jene, die sie sehen können, verstehen sie nicht so gut wie du, meine Gertrude», sagte ich ihr in der Hoffnung, sie zu trösten.

«Warum singen die anderen Tiere nicht?» begann sie wieder.

Manchmal überraschten mich ihre Fragen, und ich blieb einen Augenblick ratlos, denn sie zwang mich, über Dinge nachzudenken, die ich bisher hingenommen hatte, ohne mich über sie zu wundern. So bedachte ich zum ersten Mal, daß ein Tier, je mehr es an den Boden gefesselt ist, um so schwerfälliger ist, um so kläglicher. Das versuchte ich ihr begreiflich zu ma-

chen; und ich erzählte ihr vom Eichhörnchen und
seinen Spielen.

Daraufhin fragte sie mich, ob die Vögel die einzigen
Tiere seien, die fliegen könnten.

«Es gibt noch die Schmetterlinge», sagte ich.

«Singen sie?»

«Sie haben eine andere Art, ihre Freude zu erzählen»,
erklärte ich. «Sie ist in Farben auf ihre Flügel ge-
malt...» Und ich beschrieb ihr die Buntheit der
Schmetterlinge.

28. Februar

Ich komme noch einmal auf das Frühere zurück, denn
gestern habe ich mich fortreißen lassen.

Um Gertrude das Blindenalphabet zu lehren, hatte ich
es selbst erst lernen müssen; doch bald wurde sie viel
geschickter als ich im Lesen dieser Schrift, bei der ich
ziemliche Mühe hatte, mich zurechtzufinden, und der
ich außerdem viel lieber mit den Augen folgte als mit
den Händen. Im übrigen war ich nicht der einzige, der
sie unterrichtete. Zunächst war ich glücklich, bei dieser Aufgabe unterstützt zu werden, denn ich habe sehr
viel in der Gemeinde zu tun, deren Häuser besonders
weit verstreut liegen, so daß meine Besuche bei den
Armen und Kranken mich bisweilen zu sehr weiten
Fahrten zwingen. Jacques hatte es fertiggebracht, sich
beim Schlittschuhlaufen in den Weihnachtsferien, die
er bei uns verlebte, den Arm zu brechen – denn inzwischen war er wieder in Lausanne, wo er bereits das
Gymnasium besucht und nun das Theologiestudium
begonnen hatte. Der Bruch war in keiner Weise be-
denklich, und Martins, den ich sofort gerufen hatte,

wurde ohne Hilfe eines Chirurgen mit ihm fertig. Doch die nötigen Vorsichtsmaßnahmen zwangen Jacques, einige Zeit das Haus zu hüten. Er begann plötzlich, sich für Gertrude zu interessieren, die er bis dahin gar nicht beachtet hatte, und half mir dabei, ihr Lesen beizubringen. Seine Mitarbeit dauerte nur so lange wie seine Rekonvaleszenz, ungefähr drei Wochen, doch machte Gertrude merkliche Fortschritte in dieser Zeit. Ein außerordentlicher Eifer trieb sie jetzt an. Es schien, als würde die gestern noch erstarrte Intelligenz mit den ersten Schritten, fast bevor sie gehen konnte, bereits zu rennen beginnen. Ich bewundere, mit welch geringen Schwierigkeiten es ihr gelang, ihre Gedanken zu formulieren, und wie rasch sie es erreichte, sich auf eine Art auszudrücken, die keineswegs kindlich war, sondern bereits korrekt, wobei sie sich auf eine für uns ganz unerwartete und sehr belustigende Weise zur Veranschaulichung der Gegenstände bediente, mit denen wir sie gerade vertraut gemacht hatten oder über die wir zu ihr sprachen und die wir ihr beschrieben, wenn wir sie nicht unmittelbar in ihre Reichweite bringen konnten; denn um ihr zu erklären, was sie nicht erreichen konnte, bedienten wir uns stets dessen, was sie abtasten oder fühlen konnte. So wie etwa Landvermesser verfahren.

Doch ich halte es für überflüssig, hier alle Anfangsstufen dieses Unterrichts zu notieren, da man sie sicher im Unterricht aller Blinden wiederfindet. So bringt, glaube ich, die Frage der Farben jeden Lehrer in die gleiche Verlegenheit. (Und bei diesem Thema war ich berufen zu entdecken, daß im Evangelium nirgends von Farben die Rede ist.) Ich weiß nicht, wie andere vorgegangen sind. Ich selbst habe begonnen, ihr die Farben des Prismas in der Reihenfolge zu nennen, wie der Regenbogen sie uns zeigt; doch sofort entstand in ihrem Geist eine Verwirrung von Farbe und Licht, und ich wurde mir bewußt, daß es ihrer Vorstellungskraft nicht gelang, die geringste Unterscheidung zu machen zwischen der Art der Nuance und dem, was die Maler, glaube ich, ihren «Ton» nennen. Sie hatte die größte Mühe zu begreifen, daß jede Farbe ihrerseits mehr oder weniger dunkel sein kann und sie sich bis ins Unendliche untereinander vermischen können. Nichts irritierte sie mehr, und immer wieder kam sie darauf zurück.

Inzwischen war es mir vergönnt, sie nach Neuchâtel mitzunehmen, wo ich ihr ein Konzert bieten konnte. Die Rolle eines jeden Instrumentes in der Symphonie ermöglichte mir, auf die Frage der Farben zurückzukommen. Ich machte Gertrude auf die verschiedenen Klänge der Blechinstrumente, der Saiten- und Holzblasinstrumente aufmerksam und daß jedes Instrument auf seine Weise fähig ist, mit mehr oder weniger Intensität die ganze Folge der Töne darzubieten, von den tiefsten bis zu den höchsten. Ich forderte sie auf, sich entsprechend in der Natur die roten und orangenen Färbungen wie die Klänge der Hörner und Posaunen vorzustellen, die gelben und grünen wie die der Geigen, Celli und Bässe, die violetten und blauen Färbungen gleich den Flöten, Klarinetten und Oboen. Ihre Zweifel wurden nun durch eine Art inneres Entzücken ersetzt.

«Wie schön das sein muß!» wiederholte sie mehrmals.
Dann plötzlich:

«Aber das Weiß? Jetzt begreife ich nicht, wem das
Weiß ähnelt...»

Und mir wurde sofort klar, wie fragwürdig mein
Vergleich war.

«Das Weiß», versuchte ich dennoch ihr zu erklären, «ist
die helle Grenze, an der sich alle Töne vermischen, so
wie das Schwarz die dunkle Grenze ist.» Doch das
befriedigte mich ebensowenig wie sie, die sofort darauf hinwies, daß die Holzblasinstrumente, das Blech
und die Geigen deutlich voneinander getrennt bleiben, in der dunkelsten Tiefe ebenso wie in der hellsten
Höhe. Wie oft mußte ich, wie in diesem Fall, zunächst
stumm bleiben, ratlos, und danach suchen, welchen
Vergleich ich herbeirufen könnte.

«Nun», sagte ich schließlich zu ihr, «stell dir das Weiß
als etwas ganz Reines vor, etwas, in dem es keinerlei
Farbe mehr gibt, nur allein Licht; das Schwarz hinge-
gen, als sei es so mit Farbe belastet, daß es ganz dunkel
davon geworden ist...»

Ich führe dieses Bruchstück eines Gespräches hier nur
als Beispiel an für die Schwierigkeiten, an denen ich
mich allzu häufig stieß. Das Gute an Gertrude war,
daß sie nie tat, als verstünde sie etwas, wie es die Leute
so oft tun, die auf diese Weise ihren Geist mit unge-
nauen oder falschen Angaben füllen, wodurch dann
alle ihre Beweisführungen verdorben werden. Solange sie sich keine klare Vorstellung gemacht hatte,
blieb jeder Begriff für sie Anlaß für Unruhe und Beklemmung.

Bezüglich dessen, was ich oben gesagt habe, vergrößerte sich die Schwierigkeit noch, weil sich in ihrem Geist die beiden Begriffe Licht und Wärme zunächst eng verbunden hatten, so daß ich die größte Anstrengung machen mußte, sie in der Folgezeit zu trennen.

Auf diese Weise erprobte ich durch Gertrude unaufhörlich, wie sehr die visuelle Welt sich von der Welt der Töne unterscheidet und in welchem Maße jeder Vergleich hinkt, den man von der einen auf die andere übertragen will.

29.

Da ich so beschäftigt mit meinen Vergleichen war, habe ich noch gar nicht gesagt, welch großes Vergnügen Gertrude an dem Konzert in Neuchâtel hatte. Es wurde ausgerechnet die Pastoral-Symphonie gespielt. Ich sage «ausgerechnet», denn es gibt, wie man leicht verstehen kann, kein Werk, von dem ich mehr gewünscht hätte, daß sie es hört. Lange nachdem wir den Konzertsaal verlassen hatten, blieb Gertrude noch schweigsam und wie in Verzückung versunken.

«Ist das, was Sie sehen, wirklich ebenso schön?» fragte sie schließlich.

«Ebenso schön wie was, mein Liebes?»

«Wie diese Szene am Bach.»

Ich antwortete ihr nicht sofort, denn ich dachte daran, daß diese nicht in Sprache auszudrückenden Harmonien die Welt nicht so beschreiben, wie sie ist, sondern wie sie sein könnte, wie sie ohne das Böse und die Sünde sein könnte. Und ich hatte noch nie gewagt, zu Gertrude vom Bösen, von der Sünde, vom Tod zu sprechen.

«Jene, die Augen haben», sagte ich schließlich, «kennen ihr Glück nicht.»

«Aber ich, die ich keine habe», rief sie sofort, «ich kenne das Glück des Hörens.»

Sie drückte sich im Gehen an mich und hing an meinem Arm wie ein kleines Kind: «Fühlen Sie, Herr Pastor, wie glücklich ich bin? Nein, nein, ich sage das nicht, um Ihnen eine Freude zu machen. Sehen Sie mich an: Sieht man das einem Gesicht nicht an, wenn das, was man sagt, nicht wahr ist? Ich erkenne das so genau an der Stimme. Erinnern Sie sich an den Tag, als Sie mir geantwortet hatten, Sie weinten nicht, nachdem meine Tante (so nannte sie meine Frau) Ihnen vorgeworfen hatte, daß Sie ihr in nichts nütze sein könnten? Da hatte ich ausgerufen: ‹Herr Pastor, Sie lügen!› Oh! ich habe es gleich an Ihrer Stimme gemerkt, daß Sie mir nicht die Wahrheit sagten; ich brauchte gar nicht erst Ihre Wangen zu berühren, um zu wissen, daß Sie geweint haben.» Und sie wiederholte ganz laut: «Nein, ich brauchte gar nicht erst Ihre Wangen zu berühren», was mich erröten ließ, denn wir waren noch in der Stadt, und einige Passanten drehten sich um. Doch sie sprach weiter: «Wissen Sie, Sie dürfen nicht versuchen, mir etwas vorzumachen. Zunächst, weil es gemein wäre, eine Blinde täuschen zu wollen... Und dann, weil es Ihnen doch nicht gelänge», fügte sie lachend hinzu. «Sagen Sie mir, Herr Pastor, Sie sind doch nicht unglücklich, nicht wahr?» Ich führte ihre Hand an meine Lippen, wie um sie fühlen zu lassen, ohne es ihr einzugestehen, daß ich ein Teil meines Glücks ihr verdanke, und antwortete:

«Nein, Gertrude, nein, ich bin nicht unglücklich. Wie sollte ich unglücklich sein?»

«Trotzdem weinen Sie manchmal?»

«Ich habe manchmal geweint.»

«Seit jenem Mal, von dem ich sprach, nicht mehr?»

«Nein, seitdem habe ich nicht wieder geweint.»

«Und Sie hatten auch kein Bedürfnis zu weinen?»

«Nein, Gertrude.»

«Und sagen Sie... hatten Sie seitdem vielleicht das Bedürfnis zu lügen?»

«Nein, mein liebes Kind.»

«Können Sie mir versprechen, daß Sie niemals versuchen werden, mich zu täuschen?»

«Ich verspreche es.»

«Nun, dann sagen Sie mir jetzt gleich: Bin ich hübsch?»

Diese plötzliche Frage brachte mich aus der Fassung, um so mehr, da ich bis zu jenem Tag nicht gewillt gewesen war, Gertrudes unleugbarer Schönheit irgendwelche Aufmerksamkeit zu schenken; und ich hielt es außerdem für vollkommen überflüssig, daß sie selbst davon in Kenntnis gesetzt würde.

«Wozu mußt du das wissen?» fragte ich sie sogleich.

«Das ist meine Sorge», antwortete sie. «Ich möchte wissen, ob ich... wie drücken Sie das aus?... ob ich kein allzugroßer Mißklang in der Symphonie bin. Wen könnte ich sonst danach fragen, Herr Pastor?»

«Ein Pastor hat sich nicht um die Schönheit der Gesichter zu kümmern», sagte ich, indem ich mich, so gut ich konnte, verteidigte.

«Weshalb nicht?»

«Weil ihm die Schönheit der Seelen genügt.»

«Sie wollen mich also lieber glauben lassen, ich sei häßlich», sagte sie daraufhin und zog eine entzückende Grimasse, so daß ich mich nicht mehr zurückhalten konnte und ausrief: «Sie wissen genau, Gertrude, daß Sie hübsch sind.» Sie schwieg, und ihr Gesicht nahm einen sehr ernsten Ausdruck an, den es bis zu unserer Rückkehr beibehielt.

Sobald wir wieder zu Hause waren, verstand es Amélie, mich fühlen zu lassen, daß sie die Art, wie ich meinen Tag verbracht hatte, mißbilligte. Sie hätte es mir vorher sagen können, doch sie hatte Gertrude und mich abfahren lassen, ohne ein Wort zu sagen, ihrer Gewohnheit entsprechend, etwas zuzulassen und sich dann das Recht auf Tadel vorzubehalten. Im übrigen machte sie mir genaugenommen keine Vorwürfe. Doch allein ihr Schweigen war eine Anklage; denn wäre es nicht natürlich gewesen, sich zu erkundigen, was wir gehört hatten, da sie wußte, ich würde Gertrude ins Konzert führen? Hätte sich die Freude des Kindes nicht durch das geringste Interesse vergrößert, das man an ihrem Vergnügen genommen hätte? Im übrigen blieb Amélie nicht schweigsam, sondern schien es darauf angelegt zu haben, mir von den gleichgültigsten Dingen zu sprechen; und erst am Abend, als die Kleinen zu Bett gegangen waren und ich sie beiseite genommen und ernst gefragt hatte: «Bist du böse, daß ich Gertrude ins Konzert geführt habe?», erhielt ich die Antwort: «Du tust für sie, was du für keines der Deinen tun würdest.»

Es war also immer der gleiche Vorwurf, die gleiche Weigerung, begreifen zu wollen, daß man das Kind feiert, das zurückkehrt, und nicht jene, die geblieben sind, wie es das Gleichnis zeigt. Es schmerzte mich auch, daß sie Gertrudes Gebrechen keinerlei Rechnung trug, die doch auf kein anderes Fest hoffen durfte als auf dieses. Und da ich an diesem Tag unverhofft über freie Zeit verfügte, während mich gewöhnlich mein Dienst sehr in Anspruch nimmt, war Amélies Vorwurf um so ungerechter, denn sie wußte genau, daß jedes meiner Kinder entweder eine Arbeit zu machen hatte oder von einer anderen Beschäftigung zurückgehalten wurde und daß sie selbst, Amélie, kein Interesse an Musik hat, so daß es ihr, auch wenn sie über ihre ganze Zeit verfügte, niemals in den Sinn käme, ins Konzert zu gehen, selbst wenn es vor unserer Haustür stattfände.

Was mich noch mehr bekümmerte, war der Umstand, daß Amélie das alles vor Gertrude zu sagen wagte; denn obwohl ich meine Frau beiseite genommen hatte, sprach sie laut genug, um von ihr gehört zu werden. Ich war weniger traurig als entrüstet, und einige Augenblicke später, als Amélie uns verlassen hatte und ich zu Gertrude gegangen war, nahm ich ihre kleine zarte Hand und führte sie an mein Gesicht: «Siehst du! Diesmal habe ich nicht geweint.»

«Nein, diesmal bin ich an der Reihe», sagte sie, während sie versuchte mich anzulächeln; und plötzlich sah ich, daß ihr schönes Gesicht, das sie zu mir hob, von Tränen überströmt war.

8. März

Das einzige Vergnügen, das ich Amélie bereiten kann, besteht darin, daß ich die Dinge unterlasse, die ihr mißfallen. Diese rein negativen Liebesbeweise sind die einzigen, die sie mir gestattet. Sie kann sich nicht klarmachen, in welchem Maße sie bereits mein Leben verengt hat. Ach, gefiele es doch Gott, daß sie irgendeine schwierige Handlung von mir forderte! Mit welcher Freude ich etwas Waghalsiges, Gefährliches für sie vollbringen würde! Doch man hat den Eindruck, sie verabscheue alles, was nicht zum Gewohnten gehört, so daß für sie der Fortschritt im Leben nur darin besteht, der Vergangenheit gleichartige Tage hinzuzufügen. Sie wünscht sich von mir keine neuen Tugenden, läßt sie nicht einmal zu, auch kein Wachsen anerkannter Tugenden. Sie betrachtet beunruhigt, wenn nicht sogar mit Mißbilligung, jede Anstrengung der Seele, die im Christentum etwas anderes sehen will als eine Zähmung der Triebe.

Ich muß gestehen, daß ich, als wir in Neuchâtel waren, völlig vergessen hatte, die Rechnung unserer Kurzwarenhändlerin zu bezahlen, wie Amélie mir aufgetragen hatte, und ihr eine Rolle Zwirn mitzubringen. Doch war ich anschließend viel mehr auf mich böse, als sie selbst es hätte sein können, besonders da ich mir fest vorgenommen hatte, daran zu denken, wohl wissend, «wer im Geringsten treu ist, der ist auch im Großen treu», und die Folgerungen fürchtend, die sie aus meiner Vergeßlichkeit ziehen könnte. Ich hätte mir sogar gewünscht, sie würde mir Vorwürfe machen, denn in diesem Punkt verdiente ich sie gewiß.

Doch wie es meist geschieht, der erdachte Vorwurf war stärker als die begründete Anschuldigung: Ach, wie schön wäre das Leben und wie erträglich unser Elend, begnügten wir uns mit den tatsächlichen Übeln und liehen unser Ohr nicht den Phantomen und Ungeheuern unseres Geistes. ... Doch ich lasse mich gehen und schreibe, was eher Thema einer Predigt wäre («Seid nicht unruhigen Geistes»).

Ich wollte die Geschichte der geistigen und seelischen Entwicklung von Gertrude hier aufzeichnen. Ich komme darauf zurück.

Ich hatte gehofft, ich könnte dieser Entwicklung hier Schritt für Schritt folgen, und hatte begonnen, ihre Einzelheiten zu erzählen. Doch abgesehen davon, daß mir die Zeit fehlt, alle Phasen bis ins Kleinste aufzuzeichnen, fällt es mir heute außerordentlich schwer, deren genaue Folge wiederzufinden. Fortgerissen von meinem Bericht, habe ich zunächst Bemerkungen von Gertrude wiedergegeben, Gespräche mit ihr, die viel kürzer zurückliegen, und sollte zufällig jemand diese Seiten lesen, wird er sicher darüber erstaunt sein, daß sie sich sofort mit soviel Genauigkeit ausdrückte und so treffend urteilte. Doch waren ihre Fortschritte tatsächlich von verwirrender Schnelligkeit: Ich bewunderte häufig, mit welcher Behendigkeit ihr Geist die intellektuelle Nahrung ergriff, die ich ihr brachte, und auch alles andere, dessen er habhaft werden konnte, und durch einen unaufhörlichen Prozeß der Assimilation und des Reifens sich zu eigen machte. Sie überraschte mich, weil sie ständig meinem Gedanken voraus war, ihn überholte, und häufig erkannte ich

39

von einem Gespräch zum andern meine Schülerin nicht wieder.

Nach wenigen Monaten war nicht mehr zu erkennen, daß ihr Geist so lange im Dämmerschlaf gelegen hatte. Sie zeigte sogar mehr Klugheit, als die meisten jungen Mädchen haben, die sich von der Außenwelt ablenken lassen und deren beste Aufmerksamkeit von vielen leichtfertigen Beschäftigungen aufgesogen wird. Außerdem war sie, glaube ich, bedeutend älter, als wir zunächst angenommen hatten. Es schien, als wolle sie aus ihrer Blindheit Nutzen ziehen, so daß ich mich schließlich fragte, ob dieses Gebrechen nicht in vielen Punkten zu einem Vorteil für sie würde. Unwillkürlich verglich ich sie mit Charlotte, und wenn es sich ab und zu ergab, daß ich diese ihre Aufgaben abfragte und dabei sah, wie ihr Geist von jeder umhersummenden Fliege abgelenkt wurde, dachte ich: «Um wieviel besser würde sie mir zuhören, wenn sie nur nicht sehen könnte!»

Selbstverständlich war Gertrude begierig nach Lektüre; doch da ich bedacht darauf war, ihre Gedanken so weit wie möglich zu begleiten, war es mir lieber, wenn sie nicht viel las – oder zumindest nicht viel ohne mich –, und vornehmlich nicht die Bibel, was für einen Protestanten sehr seltsam erscheinen mag. Ich werde das erklären; doch bevor ich eine so wichtige Frage anschneide, will ich ein kleines Ereignis berichten, das sich auf die Musik bezieht und, soweit ich mich erinnern kann, wenige Zeit nach dem Konzert von Neuchâtel angesetzt werden muß.

Ja, dieses Konzert fand, glaube ich, drei Wochen vor

den Sommerferien statt, die uns Jacques wieder zu-
rückbrachten. In der Zwischenzeit hatte es sich mehr
als einmal ergeben, daß ich Gertrude vor das kleine
Harmonium in unserer Kirche gesetzt hatte, das gewöhnlich von Mademoiselle de la M . . . gespielt wird,
bei der Gertrude jetzt wohnt. Louise de la M . . . hatte
noch nicht mit Gertrudes musikalischer Ausbildung
begonnen. Trotz meiner Liebe zur Musik verstehe ich
nicht viel von ihr, und ich fühlte mich kaum fähig,
Gertrude irgend etwas beizubringen, als ich mich
neben sie an die Klaviatur setzte.

«Nein, lassen Sie mich», sagte sie schon bei den ersten
Anschlägen. «Ich möchte es lieber allein versuchen.»
Und ich verließ sie um so lieber, als mir die Kirche
kaum als ein schicklicher Ort erschien, um mich dort
allein mit ihr einzuschließen, aus Achtung vor dem
heiligen Ort ebenso wie aus Furcht vor Klatsch –
obwohl ich mich gewöhnlich bemühe, dem nicht
Rechnung zu tragen; doch hier ging es um sie und
nicht nur um mich. Wenn mich ein Besuch in diese
Richtung führte, nahm ich sie bis zur Kirche mit und
verließ sie dann, oft für viele Stunden, um sie auf dem
Rückweg wieder abzuholen. So beschäftigte sie sich
geduldig damit, Harmonien zu entdecken, und ich
fand sie gegen Abend aufmerksam vor irgendwelchen
Akkorden, die sie in ein langanhaltendes Entzücken
versetzten.

An einem der ersten Augusttage, also vor kaum mehr
als einem halben Jahr, hatte ich eine arme Witwe, der
ich Trost spenden wollte, nicht zu Hause angetroffen
und kam nun zurück, um Gertrude in der Kirche

abzuholen, in der ich sie zurückgelassen hatte. Sie hatte mich nicht so früh erwartet, und ich war außerordentlich überrascht, als ich Jacques neben ihr sah. Keiner von ihnen hatte mich eintreten hören, denn das leise Geräusch, das ich machte, wurde von den Klängen des Harmoniums übertönt. Es liegt nicht in meiner Natur, jemanden zu bespitzeln, doch alles, was Gertrude berührt, liegt mir am Herzen: Indem ich also das Geräusch meiner Schritte dämpfte, erklomm ich verstohlen die wenigen Stufen zur Kanzel, einem ausgezeichneten Beobachtungsposten. Ich muß sagen, daß ich in der ganzen Zeit, in der ich dort stand, kein einziges Wort gehört habe, das nicht jeder von ihnen ebenso in meiner Gegenwart gesagt hätte. Doch saß er dicht neben ihr, und mehrmals sah ich, wie er ihre Hand nahm und ihre Finger über die Tasten führte. War es nicht schon seltsam, daß sie sich Erklärungen von ihm gefallen ließ und eine Anleitung, die sie vorher von mir nicht annehmen wollte? Ich war darüber stärker erstaunt und bekümmert, als ich mir selbst eingestehen wollte, und schon nahm ich mir vor einzuschreiten, als ich plötzlich sah, wie Jacques seine Uhr herauszog.

«Es ist Zeit, daß ich dich jetzt allein lasse», sagte er, «mein Vater kommt gleich zurück.»

Nun sah ich ihn ihre Hand an seine Lippen führen, die sie ihm willig überließ; dann ging er. Einige Augenblicke später, nachdem ich die Treppe wieder geräuschlos hinuntergegangen war, öffnete ich die Kirchentür so laut, daß sie es hören konnte und denken mußte, ich käme gerade herein.

«Nun, Gertrude, bist du bereit, nach Hause zu fahren? Geht es gut mit dem Spielen?»

«Ja, sehr gut», antwortete sie mit ganz natürlicher Stimme, «heute habe ich wirklich einige Fortschritte gemacht.»

Eine große Traurigkeit erfüllte mein Herz, doch keiner von uns beiden machte eine Anspielung auf das, was ich eben erzählt habe.

Es drängte mich, mit Jacques allein zu sein. Meine Frau, Gertrude und die Kinder zogen sich nach dem Abendessen gewöhnlich sehr früh zurück und ließen uns beide, in unsere Studien vertieft, den Abend weit ausdehnen. Auf diesen Moment wartete ich. Doch als ich mit ihm sprechen wollte, fühlte ich mein Herz so erregt und so voller verworrener Empfindungen, daß ich das Thema, das mich quälte, nicht anzuschneiden wagte und auch nicht anschneiden konnte. Und so brach er plötzlich das Schweigen, indem er mir seinen Entschluß mitteilte, er wolle seine ganzen Ferien bei uns verbringen. Wenige Tage zuvor hatte er uns jedoch von dem Plan einer Reise in die Hochalpen unterrichtet, den meine Frau und ich mit Freude gebilligt hatten; ich wußte, daß sein Freund T..., den er sich als Reisegefährten ausgesucht hatte, auf ihn wartete; daher erschien es mir ganz eindeutig, daß der plötzliche Wandel nicht ohne Zusammenhang mit der Szene war, die ich kurz zuvor belauscht hatte. Zunächst erfaßte mich eine heftige Entrüstung, doch da ich fürchtete, wenn ich mich gehenließe, würde sich mein Sohn völlig vor mir verschließen, und auch

in der Angst, ich müßte später zu harte Worte be-
reuen, machte ich eine gewaltige Anstrengung und
fragte so natürlich, wie ich nur konnte:
«Ich dachte, T... rechnet mit dir?»
«Ach», erklärte er, «er rechnet nicht unbedingt mit
mir, außerdem wird er mühelos Ersatz für mich finden. Ich erhole mich hier ebenso gut wie im Ober-
land, und ich glaube wirklich, ich kann meine Zeit
besser verwenden als damit, über die Berge zu lau-
fen.»
«So», sagte ich, «du hast hier also etwas gefunden,
womit du dich beschäftigen willst.»
Er sah mich an, da er im Ton meiner Stimme Ironie
entdeckt hatte; doch da er den Grund noch nicht
kannte, antwortete er unbefangen:
«Sie wissen, daß ich stets die Bücher dem Alpenstock
vorgezogen habe.»
«Ja, mein Freund», sagte ich und sah ihn meinerseits
fest an. «Aber glaubst du nicht, daß der Musikunter-
richt am Harmonium noch anziehender für dich ist als
deine Lektüre?»
Zweifellos fühlte er, wie er rot wurde, denn er legte
seine Hand an die Stirn, wie um sich vor dem hellen
Lampenlicht zu schützen. Doch faßte er sich sofort
wieder, und mit einer Stimme, die ich mir weniger
selbstsicher gewünscht hätte, sagte er:
«Beschuldigen Sie mich nicht zu rasch, Vater. Ich hatte
nicht die Absicht, Ihnen etwas zu verheimlichen, und
Sie greifen nur ganz wenig dem Geständnis vor, das
ich Ihnen machen wollte.»
Er sprach gelassen, so wie man aus einem Buch vor-

liest, und führte seine Sätze, wie es schien, ebenso
ruhig zu Ende, als handle es sich gar nicht um ihn. Die
außergewöhnliche Selbstbeherrschung, die er bewies,
brachte mich vollends auf. Da er fühlte, daß ich ihn
unterbrechen wollte, hob er die Hand, wie um zu
sagen: Nein, Sie können nachher sprechen, lassen Sie
mich erst ausreden; doch ich ergriff seinen Arm und
schüttelte ihn:

«Bevor ich erlebe, wie du in Gertrudes reiner Seele
Verwirrung stiftest», schrie ich ungestüm, «ach, eher
will ich dich nicht mehr sehen. Ich brauche deine
Geständnisse nicht! Nie hätte ich dich so erbärm-
licher Niedertracht für fähig gehalten, Gebrechen,
Unschuld, Arglosigkeit zu mißbrauchen; und mir
mit dieser abscheulichen Kaltblütigkeit davon zu
reden!... Hör mir gut zu: Ich bin für Gertrude ver-
antwortlich, und ich dulde es keinen Tag länger, daß
du mit ihr sprichst, daß du sie berührst, daß du sie
siehst.»

«Aber Vater», entgegnete er mit dem gleichen ruhigen
Ton, der mich rasend machte, «glauben Sie mir, ich
achte Gertrude ebenso wie Sie selbst. Sie befinden sich
in einem seltsamen Irrtum, wenn Sie annehmen, daß
irgend etwas Verwerfliches, ich sage nicht nur in mein
Verhalten, sondern selbst in meine Absichten oder das
Innerste meines Herzens eindringen könnte. Ich liebe
Gertrude; und glauben Sie mir, ich achte sie ebenso,
wie ich sie liebe. Der Gedanke, sie in Verwirrung zu
stürzen, ihre Unschuld und Blindheit zu mißbrauchen, erscheint mir ebenso abscheulich wie Ihnen.»
Dann beteuerte er, daß er ihr eine Stütze sein wollte,

ein Freund, ein Gatte; doch daß er es für richtiger gehalten habe, nicht mit mir darüber zu sprechen, bevor nicht sein Entschluß gefaßt sei, sie zu heiraten, daß selbst Gertrude noch nichts von diesem Entschluß wisse und daß er mit mir als erstem hätte darüber sprechen wollen. «Das ist das Geständnis, das ich Ihnen machen muß», fügte er hinzu, «und sonst habe ich Ihnen nichts zu beichten, glauben Sie mir.»

Diese Worte bestürzten mich. Während ich sie anhörte, fühlte ich meine Schläfen klopfen. Ich hatte nur Vorwürfe vorbereitet, und in dem Maße, in dem er mir jede Veranlassung zur Entrüstung nahm, fühlte ich mich immer ratloser, so daß ich am Ende seiner Rede nichts mehr zu antworten wußte.

«Gehen wir zu Bett», sagte ich schließlich nach einem langen Schweigen. Ich hatte mich erhoben und legte ihm meine Hand auf die Schulter. «Morgen sage ich dir, was ich über all das denke.»

«Sagen Sie mir wenigstens, daß Sie mir nicht mehr böse sind.»

«Ich brauche die Nacht zum Nachdenken.»

Als ich am nächsten Tag Jacques wiedersah, schien es mir wirklich, als sähe ich ihn zum ersten Mal. Es wurde mir plötzlich klar, daß mein Sohn kein Kind mehr war, sondern ein junger Mann; solange ich ihn als ein Kind betrachtet hatte, konnte die Liebe, die ich entdeckt hatte, mir als ungeheuerlich erscheinen. Ich hatte die Nacht damit verbracht, mich davon zu überzeugen, daß sie im Gegenteil ganz natürlich und normal war. Woher kam es, daß meine Unzufriedenheit dadurch nur um so heftiger wurde? Das sollte sich mir erst später erhellen. Inzwischen mußte ich mit Jacques sprechen und ihm meine Entscheidung mitteilen. Ein Instinkt, ebenso sicher wie der des Gewissens, riet mir, daß diese Heirat um jeden Preis zu verhindern sei.

Ich hatte Jacques in das hintere Ende des Gartens geführt; dort fragte ich ihn zunächst:

«Hast du dich Gertrude erklärt?»

«Nein», antwortete er. «Vielleicht fühlt sie schon meine Liebe; aber ich habe sie ihr noch nicht gestanden.»

«Nun, dann wirst du mir versprechen, noch nicht mit ihr darüber zu reden.»

«Ich habe mir das Versprechen gegeben, Ihnen zu gehorchen, Vater; aber darf ich nicht Ihre Gründe erfahren?»

Ich zögerte, ihm welche zu nennen, da ich nicht genau wußte, ob jene, die mir zunächst in den Sinn kamen, auch jene waren, die es als wichtigste anzuführen galt. Um die Wahrheit zu sagen, hier diktierte viel mehr das Gewissen mein Verhalten als der Verstand.

«Gertrude ist zu jung», sagte ich schließlich. «Vergiß nicht, daß sie noch nicht das erste Abendmahl genommen hat. Du weißt, sie ist leider kein Kind wie die anderen und hat ihre Entwicklung erst sehr spät begonnen. Sie wäre zweifellos nur allzu empfänglich für die ersten Liebesworte, die sie hören würde, vertrauensvoll, wie sie ist; genau deshalb gilt es, sie ihr nicht zu sagen. Sich eines Wehrlosen zu bemächtigen ist eine Niedertracht; ich weiß, daß du nicht niederträchtig bist. Du sagst, deine Gefühle hätten nichts

Verwerfliches; ich bezeichne sie als schuldig, weil sie verfrüht sind. Die Lebensklugheit, die Gertrude noch nicht hat, die müssen wir für sie haben. Das ist eine Sache des Gewissens.»

Das Vortreffliche an Jacques ist, daß die einfachen Worte «Ich appelliere an dein Gewissen» genügen, um ihn zu zügeln; ich habe sie oft gebraucht, als er klein war. Jetzt betrachtete ich ihn und dachte, daß Gertrude, wenn sie sehen würde, nicht umhin könnte, diesen großen schlanken Körper zu bewundern, der gleichzeitig stark und geschmeidig war, die schöne faltenlose Stirn, den offenen Blick, das noch kindliche Gesicht, das jedoch von einem plötzlichen Ernst überschattet schien. Er war barhäuptig, und sein aschblondes Haar, das er zu dieser Zeit ziemlich lang trug, lockte sich leicht an den Schläfen und verbarg zur Hälfte seine Ohren.

«Ich möchte dich um noch etwas bitten», begann ich wieder, während ich von der Bank aufstand, auf der wir gesessen hatten. «Du sagtest, du hättest die Absicht, übermorgen abzureisen; bitte verschiebe diese Abreise nicht. Du wolltest einen ganzen Monat wegbleiben; ich möchte, daß du die Reise um keinen Tag verkürzt. Abgemacht?»

«Gut, Vater, ich werde Ihnen gehorchen.»

Ich hatte den Eindruck, er würde leichenblaß, selbst seine Lippen waren blutleer. Doch redete ich mir ein, daß bei einer so prompten Unterwerfung seine Liebe nicht sehr stark sein könne; und ich empfand eine unaussprechliche Erleichterung darüber. Außerdem war ich für seine Fügsamkeit empfänglich.

MANESSE BIBLIOTHEK
DER WELTLITERATUR
UND DER
WELTGESCHICHTE

Bitte
ausreichend
frankieren

Manesse Verlag
Badergasse 9
CH-8001 Zürich

Wir freuen uns über Ihr Interesse, das Sie unserer Manesse-Bibliothek entgegenbringen, und hoffen, daß Sie aus der Lektüre Freude und Gewinn ziehen werden. Wenn Sie uns diese Karte mit Ihrer Adresse einsenden, werden wir Sie gerne laufend über unsere Neuerscheinungen orientieren.

Absender Vorname / Name (wenn notwendig, Vorname abgekürzt)

Straße / Hausnummer

PLZ   Ort

Land

«Ich finde das Kind wieder, das ich geliebt habe», sagte ich sanft zu ihm, und während ich ihn an mich zog, legte ich meine Lippen auf seine Stirn. Er zuckte leicht zurück, doch wollte ich mir das nicht zu Herzen nehmen.

10. März

Unser Haus ist so klein, daß wir sehr gedrängt leben müssen, was manchmal recht störend ist für meine Arbeit, obwohl ich im ersten Stock ein kleines Zimmer habe, in das ich mich zurückziehen kann und wo ich meine Besucher empfange; störend aber vor allem, wenn ich mit einem der Meinen allein sprechen möchte, ohne dem Gespräch ein allzu feierliches Ansehen geben zu wollen, wie es in dieser Art Besuchszimmer geschehen würde, das die Kinder zum Scherz die heilige Stätte nennen und zu dem ihnen der Zutritt verboten ist. Doch an jenem Vormittag war Jacques nach Neuchâtel gefahren, wo er seine Wanderschuhe kaufen mußte, und da es sehr schönes Wetter war, gingen die Kinder nach dem Mittagessen mit Gertrude hinaus, die sie führten und von der sie gleichzeitig geführt wurden. (Ich merke hier mit Freude an, daß Charlotte besonders aufmerksam gegen Gertrude ist.) Ich war also mit Amélie auf ganz natürliche Weise zum Tee allein, den wir immer im Wohnzimmer trinken. Das hatte ich gewünscht, denn es drängte mich, mit ihr zu sprechen. Es geschieht so selten, daß ich allein mit ihr bin, daß ich fast schüchtern war, und die Wichtigkeit dessen, was ich ihr zu sagen hatte, verwirrte mich, als ginge es nicht um Jacques' Geständnis, sondern um mein eigenes. Bevor ich zu sprechen begann, empfand ich auch, in welchem Maße zwei Wesen, die schließlich das gleiche Leben führen und sich lieben, füreinander rätselhaft und verschlossen bleiben (oder werden) können; in diesem Fall klingen die Worte, ob es nun die eigenen oder die des andern sind, so kläglich wie der Schall einer Sonde; er warnt uns vor der Widerstandsfähigkeit dieser Trennwand, die, gibt man nicht acht, immer dicker zu werden droht...

«Jacques hat gestern abend und heute morgen mit mir gesprochen», begann ich, während sie den Tee einschenkte, und meine Stimme war ebenso unsicher, wie die von Jacques gestern sicher war. «Er hat über seine Liebe zu Gertrude gesprochen.»

«Er hat gut daran getan, es dir zu sagen», bemerkte sie, ohne mich anzusehen und während sie ihren Hausfrauenpflichten nachging, so als hätte ich ihr etwas ganz Selbstverständliches angekündigt, oder vielmehr als hätte ich ihr überhaupt nichts mitgeteilt.

«Er hat mir seinen Wunsch erklärt, sie zu heiraten, seinen Entschluß...»

«Das war vorauszusehen», murmelte sie mit einem leichten Schulterzucken.

«Wie, du hast es geahnt?» fragte ich etwas nervös.

«Man hat es seit langem kommen sehen. Aber das gehört zu jenen Dingen, die Männer nicht erkennen können.»

Da Widerspruch nichts genutzt hätte und im übrigen vielleicht ein klein wenig Wahrheit in ihrer Antwort steckte, bemerkte ich nur: «In dem Fall hättest du mich durchaus davon in Kenntnis setzen können.»

Sie hatte das etwas verkrampfte Lächeln in den Mundwinkeln, mit dem sie manchmal ihre Andeutungen begleitet oder schützt, und während sie mit ihrem schräg gehaltenen Kopf nickte, sagte sie:

«Wenn ich dich von allem in Kenntnis setzen sollte, was du nicht wahrnimmst!»

Was bedeutete diese Unterstellung? Ich wußte es nicht, aber ich wollte es auch nicht wissen, und so ging ich darüber hinweg:

«Nun, ich wollte von dir hören, was du darüber denkst.»

Sie seufzte, dann: «Du weißt, mein Freund, daß ich die Anwesenheit dieses Kindes in unserer Mitte niemals gebilligt habe.»

Ich hatte Mühe, ruhig zu bleiben, als ich sie auf diese Weise wieder auf die Vergangenheit zurückkommen sah.

«Es geht nicht um Gertrudes Anwesenheit», bemerkte ich; doch Amélie sprach bereits weiter:

«Ich habe immer gedacht, daß das nur zu Ärgernissen führen kann.»

Aus meinem großen Wunsch nach Versöhnung heraus griff ich rasch nach dem Satz:

«Du betrachtest eine solche Heirat also als ein Ärgernis. Nun, das wollte ich nur von dir hören; wie schön, daß wir der gleichen Meinung sind.» Ich setzte hinzu, daß sich Jacques im übrigen widerspruchslos meinen Argumenten gefügt habe, so daß sie sich nicht mehr zu beunruhigen brauche; es sei abgemacht, daß er morgen zu seiner Reise aufbreche, die einen ganzen Monat dauern würde.

«Da mir so wenig daran liegt wie dir, daß er nach seiner Rückkehr Gertrude hier wiedersieht», sagte ich schließlich, «habe ich gedacht, das beste wäre, sie Mademoiselle de la M... anzuvertrauen, bei der ich sie weiter besuchen könnte; denn ich verhehle mir nicht, daß ich ihr gegenüber ernste Verpflichtungen eingegangen bin. Ich habe die neue Gastgeberin bereits gefragt; sie hat keinen anderen Wunsch, als uns gefällig zu sein. Auf diese Weise wirst du von einer Anwesenheit befreit, die dir lästig ist. Louise de la M... wird sich um Gertrude kümmern. Sie ist entzückt von dieser Vereinbarung und freut sich bereits darauf, ihr Unterricht in Harmonielehre zu geben.»

Da Amélie entschlossen schien zu schweigen, fuhr ich fort:

«Da man vermeiden muß, daß Jacques dort Gertrude ohne uns besucht, empfiehlt es sich, Mademoiselle de la M... von der Lage zu unterrichten, meinst du nicht?»

Ich versuchte mit Hilfe dieser Frage, ein Wort von Amélie zu erhalten; doch sie hielt ihre Lippen zusammengepreßt, als habe sie sich geschworen, nichts zu sagen. Und ich redete weiter, nicht weil ich noch etwas hinzufügen wollte, sondern weil ich ihr Schweigen nicht ertragen konnte.

«Im übrigen kommt Jacques nach dieser Reise vielleicht schon geheilt von seiner Liebe zurück. Weiß man in seinem Alter denn überhaupt, was man begehrt?»

«Oh, selbst später weiß man das nicht immer», bemerkte sie endlich etwas sonderbar.

Ihr rätselhafter und überlegener Ton reizte mich, denn ich habe einen zu offenen Charakter, als daß ich mich leicht mit Geheimnistuerei abfinde. Ich wandte mich ihr zu und bat sie, mir zu erklären, was sie damit meine.

«Nichts, mein Freund», sagte sie traurig. «Ich dachte nur, daß du vorhin gewünscht hattest, man solle dich von dem in Kenntnis setzen, was du nicht wahrnimmst.»

«Und nun?»

«Und nun habe ich mir gesagt, daß das nicht einfach ist.»

Ich habe erwähnt, daß ich jede Geheimnistuerei hasse, und aus Prinzip verwahre ich mich gegen alle Andeutungen.

«Wenn du möchtest, daß ich dich verstehe, mußt du versuchen, dich klarer auszudrücken», entgegnete ich vielleicht etwas grob, was ich sofort bedauerte, denn ich sah ihre Lippen einen Augenblick zittern. Sie wandte den Kopf ab, stand auf und machte ein paar zögernde, fast wankende Schritte durchs Zimmer.

«Aber Amélie», rief ich, «warum grämst du dich noch immer, jetzt, wo doch alles wieder in Ordnung ist?»

Ich fühlte, daß mein Blick sie irritierte, und so kehrte ich ihr den Rücken zu und sagte, die Ellenbogen auf den Tisch und den Kopf in die Hand gestützt: «Ich habe eben sehr hart mit dir gesprochen. Verzeih mir.»

Daraufhin hörte ich sie näherkommen, dann fühlte ich, wie sich ihre Finger leicht auf meine Stirn legten, während sie mit zärtlicher, tränenvoller Stimme sagte: «Mein armer Freund!»

Dann verließ sie rasch das Zimmer.

Amélies Sätze, die mir damals geheimnisvoll erschienen, erhellten sich mir kurz darauf; ich habe sie so wiedergegeben, wie ich sie zunächst verstand; an jenem Tag wurde mir nur klar, daß es an der Zeit war, daß Gertrude unser Haus verließ.

12. März

Ich hatte es mir zur Pflicht gemacht, Gertrude täglich ein wenig Zeit zu widmen; je nach den Beschäftigungen des Tages waren das einige Stunden oder einige Augenblicke. An dem Tag nach meinem Gespräch mit Amélie hatte ich ziemlich viel freie Zeit, und da das schöne Wetter dazu einlud, führte ich Gertrude durch den Wald bis zu jener Einbuchtung des Jura, von wo aus der Blick bei klarem Wetter durch den Vorhang der Zweige jenseits der weiten, im Tal sich ausbreitenden Landschaft über einem leichten Dunstschleier das Wunder der weißen Alpen entdeckt. Die Sonne sank bereits zu unserer Linken, als wir an der Stelle ankamen, an der wir uns gewöhnlich setzten. Eine Wiese mit kurzem, dichtem Gras zog sich zu unsern Füßen steil abwärts; etwas entfernt weideten ein paar Kühe; jede von ihnen trägt bei diesen Gebirgsherden eine Glocke um den Hals.

«Sie zeichnen die Landschaft», sagte Gertrude, die dem Geläut zuhörte.

Sie bat mich wie bei jedem Spaziergang, ihr den Ort zu beschreiben, an dem wir saßen.

«Du kennst ihn doch», entgegnete ich ihr, «es ist der Waldsaum, von dem aus man die Alpen sieht.»

«Sieht man sie heute gut?»

«Man sieht ihre ganze Pracht.»

«Sie haben mir gesagt, sie seien jeden Tag etwas anders.»

«Womit werde ich sie heute vergleichen? Mit dem Durst eines strahlenden Sommertages. Noch bevor es Abend ist, werden sie sich vollständig in der Luft aufgelöst haben.»

«Ich möchte gern, daß Sie mir sagen, ob es Lilien auf der großen Wiese vor uns gibt.»

«Nein, Gertrude, Lilien wachsen nicht in dieser Höhe, oder nur ganz wenige Arten.»

«Auch die nicht, die man Feldlilien nennt?»

«Auf den Feldern gibt es keine Lilien.»

«Auch nicht auf den Feldern von Neuchâtel?»

«Es gibt keine Feldlilien.»

«Warum sagt dann der Herr zu uns: ‹Schauet die Lilien auf dem Felde›?»

«Zu seiner Zeit gab es sicher welche, da er es sagt; doch durch den Ackerbau der Menschen sind sie verschwunden.»

«Ich erinnere mich, daß Sie mir oft gesagt haben, diese Erde brauche vor allem Vertrauen und Liebe. Glauben Sie nicht, daß die Menschen mit ein wenig mehr Vertrauen sie wieder sehen würden? Ich versichere Ihnen, wenn ich diese Worte höre, dann sehe ich sie. Soll ich sie Ihnen beschreiben? – Man könnte meinen, es seien Glocken aus Flammen, große, himmelblaue Glocken, durchtränkt vom Duft der Liebe, die der Abendwind wiegt. Warum sagen Sie mir, daß es hier, vor uns, keine gibt? Ich rieche sie. Ich sehe die ganze Wiese voll davon.»

«Sie sind nicht schöner, als du sie siehst, meine liebe Gertrude.»

«Sagen Sie mir, daß sie nicht weniger schön sind.»

«Sie sind ebenso schön, wie du sie siehst.»

«Ich sage euch, daß auch Salomon in aller seiner Herrlichkeit nicht bekleidet gewesen ist als derselbigen eins», zitierte sie Christi Worte, und als ich ihre melodische Stimme hörte, schien es mir, als vernähme ich diese Worte zum ersten Mal.

«In aller seiner Herrlichkeit», wiederholte sie nachdenklich, dann schwieg sie eine Weile, und ich sagte:

«Ich habe es dir erklärt, Gertrude: Jene, die Augen haben, vermögen nicht zu sehen.» Und aus der Tiefe meines Herzens hörte ich das Gebet aufsteigen: «Ich danke Dir, o Herr, daß Du den Demütigen offenbarst, was Du den Klugen verborgen hast.»

«Wenn Sie wüßten», rief sie daraufhin in freudiger Erregung, «wenn Sie begreifen könnten, wie leicht ich mir das alles vorstellen kann. Soll ich Ihnen die Landschaft beschreiben?... Hinter uns, über uns und um uns herum die hohen Tannen mit dem Harzduft, den granatfarbenen Stämmen und den langen, dunklen, horizontalen Zweigen, die klagen, wenn der Wind sie beugen will. Zu unseren Füßen, wie ein aufgeschlagenes Buch auf dem schrägen Pult des Gebirges, die große, grüne, bunt schillernde Weide, die der Schatten bläut, die Sonne vergoldet und deren klare Worte Blumen sind – Enzian, Kuhschellen, Ranunkeln und die schönen Lilien Salomonis; die Kühe buchstabieren sie mit ihren Glocken, und die Engel kommen und lesen sie, weil sie sagen, die Augen der Menschen seien

geschlossen. Unten in dem Buch sehe ich einen brei-
ten Strom aus dunstiger, dampfender Milch, der einen
ganzen Abgrund von Geheimnissen überdeckt, einen
riesigen Strom, der als einzige Begrenzung weit vor
uns nur die schönen, blendenden Alpen hat ... Dort-
hin geht sicher Jacques. Sagen Sie: Stimmt es, daß er
morgen abreist?»

«Er muß morgen abreisen. Hat er es dir gesagt?»

«Er hat es mir nicht gesagt; aber ich habe es begriffen.
Muß er lange fortbleiben?»

«Einen Monat ... Gertrude, ich wollte dich fragen ...
Warum hast du mir nicht erzählt, daß er dich in der
Kirche aufgesucht hat?»

«Er hat mich zweimal dort aufgesucht. Oh, ich will
Ihnen nichts verheimlichen, aber ich hatte Angst,
Ihnen Kummer zu machen.»

«Du würdest mir welchen machen, wenn du mir
etwas verschweigst.»

Ihre Hand suchte die meine.

«Er war traurig über seine Abreise.»

«Sag, Gertrude ... hat er dir gesagt, daß er dich
liebt?»

«Er hat es mir nicht gesagt, aber ich fühle es sehr wohl,
auch ohne daß man es sagt. Er liebt mich nicht so wie
Sie.»

«Und du, Gertrude, leidest du darunter, daß er abreist?»

«Ich glaube, es ist besser, er reist ab. Ich könnte ihm
nicht antworten.»

«Aber sag: Leidest du darunter, du selbst, daß er abreist?»

«Sie wissen genau, Herr Pastor, daß ich Sie liebe ...
Oh! warum ziehen Sie Ihre Hand zurück? Ich würde
nicht so zu Ihnen sprechen, wenn Sie nicht verheiratet
wären. Aber man heiratet keine Blinde. Also warum
sollten wir uns nicht lieben können? Sagen Sie, Herr
Pastor, finden Sie dabei etwas Böses?»
«Das Böse ist nie in der Liebe.»
«Ich fühle nur Gutes in meinem Herzen. Ich möchte
Jacques kein Leid verursachen. Ich möchte niemandem
Leid verursachen ... Ich möchte nur Glück
schenken.»
«Jacques hatte die Absicht, um deine Hand zu bitten.»
«Lassen Sie mich vor seiner Abreise mit ihm sprechen?
Ich möchte ihm begreiflich machen, daß er auf seine
Liebe zu mir verzichten muß. Sie verstehen doch,
Herr Pastor, daß ich niemanden heiraten kann? Sie
lassen mich mit ihm sprechen, nicht wahr?»
«Heute abend noch.»
«Nein, morgen, unmittelbar vor seiner Abreise ...»
Die Sonne ging in überschwenglicher Pracht unter.
Die Luft war mild. Wir waren aufgestanden, und
während wir sprachen, hatten wir den dunklen Rück-
weg eingeschlagen.

Zweites Heft

25. April

Ich habe einige Zeit dieses Heft nicht weiterführen
können. Der Schnee war geschmolzen, und sobald
die Straßen wieder befahrbar waren, mußte ich eine
Menge Verpflichtungen erfüllen, die ich während der
langen Zeit, in der unser Dorf abgeschnitten war,
hatte verschieben müssen. Erst gestern habe ich etwas
Muße gefunden.

Vergangene Nacht habe ich all das, was ich hier geschrieben hatte, wieder gelesen ...

Heute, da ich das Gefühl bei seinem Namen zu nennen wage, das sich mein Herz so lange nicht einge-
standen hat, kann ich mir kaum erklären, wieso ich
mich bis jetzt darüber habe täuschen können, wieso
bestimmte Worte von Amélie, die ich wiedergegeben
habe, mir haben geheimnisvoll erscheinen können,
wieso ich nach Gertrudes naiven Erklärungen noch
daran habe zweifeln können, daß ich sie liebe. Weil ich
einerseits zu dieser Zeit nicht gewillt war, eine Liebe
außerhalb der Ehe als erlaubt gelten zu lassen, und
andererseits in dem Gefühl, das mich so leidenschaft-
lich zu Gertrude hinzog, nicht die Spur von etwas
Verbotenem erkennen wollte.

Die Naivität ihres Geständnisses, sogar seine Offen-
heit, beruhigten mich. Ich sagte mir: Sie ist ein Kind.
Eine wirkliche Liebe wäre von Verwirrung, von Er-

röten begleitet. Und was mich betraf, so war ich überzeugt, daß ich sie wie ein behindertes Kind liebte. Ich pflegte sie, wie man einen Kranken pflegt – und aus einer spontanen Regung hatte ich eine moralische Aufgabe, eine Pflicht gemacht. Ja, wirklich, noch an dem Abend, an dem sie mir gesagt hatte, was ich notiert habe, fühlte ich meine Seele so leicht und froh, daß ich mich immer noch täuschte, auch noch, als ich ihre Worte niederschrieb. Denn da ich Liebe für verwerflich gehalten hatte und der Meinung war, daß alles Verwerfliche die Seele krümmt, meine Seele aber nicht belastet fühlte, glaubte ich nicht an diese Liebe.

Ich habe jene Gespräche nicht nur so wiedergegeben, wie sie stattgefunden haben, sondern sie auch in der gleichen Geistesverfassung übertragen; um die Wahrheit zu sagen, erst beim Wiederlesen heute nacht habe ich begriffen . . .

Unmittelbar nach Jacques' Abreise – mit dem ich Gertrude hatte reden lassen und der erst für die letzten Ferientage zurückgekommen war, in denen er sich den Anschein gab, entweder Gertrude zu meiden oder nur noch in meiner Gegenwart mit ihr zu sprechen – hatte unser Leben wieder seinen ruhigen Gang angenommen. Gertrude war wie vereinbart bei Mademoiselle Louise untergebracht worden, wo ich sie jeden Tag besuchte. Doch noch immer aus Angst vor der Liebe bemühte ich mich, nicht mehr über etwas, das uns hätte bewegen können, mit ihr zu sprechen. Ich sprach nur noch als Pfarrer zu ihr, meistens in Gegenwart von Louise, und beschäftigte mich vor allem mit ihrer religiösen Unterweisung, indem ich sie auf das Abendmahl vorbereitete, zu dem sie an Ostern gegangen ist.

Auch ich bin am Ostersonntag zum Abendmahl gegangen.

Das war vor vierzehn Tagen. Zu meiner Überraschung hat Jacques, der für eine Woche Ferien zu uns gekommen war, mich nicht zum Tisch des Herrn begleitet. Und zu meinem großen Bedauern muß ich sagen, daß Amélie zum ersten Mal in unserer Ehe es ebenfalls nicht getan hat. Es schien, als hätten sie sich beide abgesprochen und beschlossen, durch ihr Fernbleiben von dieser feierlichen Begegnung einen Schatten auf meine Freude zu werfen. Auch hier wieder beglückwünschte ich mich, daß Gertrude nicht sehen konnte, so daß ich allein die Last dieses Schattens trug. Ich kenne Amélie zu gut, als daß ich nicht gesehen hätte, was an indirekten Vorwürfen in ihrem Verhalten lag. Nie kommt es dahin, daß sie mich offen tadelt, doch legt sie es darauf an, mir ihre Mißbilligung durch eine Art Isolierung zu bezeugen.

Ich war tief bekümmert, daß ein Vorwurf dieser Art – ich meine von einer Art, daß es mir widerstrebt, ihn in Betracht zu ziehen – Amélies Seele so weit niederziehen kann, daß er sie von ihren höheren Interessen abwendet. Und nach Hause zurückgekehrt, betete ich für sie mit der ganzen Inbrunst meines Herzens.

Was Jacques' Fernbleiben betraf, so hatte das ganz andere Gründe, wie ein Gespräch mit ihm kurze Zeit später ergab.

3. Mai

Gertrudes religiöse Unterweisung hat mich dazu geführt, das Evangelium mit neuen Augen zu lesen. Ich habe immer mehr den Eindruck, daß viele Vorstellungen, aus denen sich unser christlicher Glaube zusammensetzt, nicht aus Christi Worten kommen, sondern aus den Kommentaren des heiligen Paulus.

Das war das eigentliche Thema der Diskussion, die ich eben mit Jacques hatte. Da er etwas trocken von Natur ist, liefert sein Herz seinem Denken nicht die genügende Nahrung; er wird zum Traditionalisten und Dogmatiker. Er wirft mir vor, ich würde aus der christlichen Lehre das aussuchen, «was mir gefällt». Aber ich suche mir nicht dieses oder jenes Wort Christi heraus. Nur zwischen Christus und Paulus wähle ich Christus. Aus Angst, sie gegenüberstellen zu müssen, weigert er sich, den einen vom anderen zu trennen, zwischen dem einen und dem anderen einen Unterschied der Inspiration wahrzunehmen, und protestiert, wenn ich ihm sage, hier höre ich einem Menschen zu, während ich dort Gott höre. Je mehr er argumentiert, um so mehr überzeugt er mich von Folgendem: Er ist unempfänglich für den einzig göttlichen Ton im geringsten Wort Christi.

Ich suche im ganzen Evangelium, ich suche vergebens nach Gebot, Verbot, Drohung ... All das kommt nur vom heiligen Paulus. Und gerade das ist es, was Jacques stört: daß er es nicht in Christi Worten findet. Seelen wie die seine halten sich für verloren, sobald sie nicht mehr eine Stütze, ein Geländer, eine Schranke neben sich fühlen. Außerdem dulden sie bei anderen schlecht eine Freiheit, auf die sie verzichten, und möchten alles durch Zwang erreichen, was man ihnen gern aus Liebe zugestehen würde.

«Aber Vater», sagte er zu mir, «auch ich möchte das Glück der Seelen.»

«Nein, mein Freund; du möchtest ihre Unterwerfung.»

«In der Unterwerfung liegt das Glück.»

Ich lasse ihm das letzte Wort, weil ich nicht rechthaberisch sein will; doch ich weiß genau, daß man das Glück gefährdet, wenn man es durch das zu erreichen versucht, was im Gegenteil nur die Auswirkung des Glücks sein soll – und daß es zwar richtig ist zu meinen, die liebende Seele erfreue sich an ihrer freiwilligen Unterwerfung, doch daß uns nichts weiter vom Glück entfernt als eine Unterwerfung ohne Liebe.

Im übrigen argumentiert Jacques sehr gut, und wenn es mich nicht bekümmerte, in einem so jungen Geist bereits so viel doktrinärer Strenge zu begegnen, würde ich zweifellos seine guten Begründungen und die Standhaftigkeit seiner Logik bewundern. Oft scheint es mir, ich sei jünger als er; heute jünger, als ich es gestern war. Und ich wiederholte mir den Spruch: «Wer das Reich Gottes nicht empfängt als ein Kindlein, der wird nicht hineinkommen.»

Bedeutet es, Christum zu verraten oder das Evangelium herabzusetzen, zu profanieren, wenn man darin vor allem *eine Anleitung zu einem glücklichen Leben* sieht? Der Zustand der Freude, den unsere Zweifel und die Strenge unserer Herzen verhindern, ist für den Christen obligatorisch. Jedes Lebewesen ist mehr oder minder zur Freude fähig. Jedes Lebewesen sollte der Freude zustreben. Ein einziges Lächeln von Gertrude lehrt mich mehr darüber, als meine Lektionen ihr beibringen.

Und Christi Wort steht leuchtend vor mir: «Wäret ihr blind, so hättet ihr keine Sünde.» Die Sünde ist es, die die Seele verdunkelt, die sich ihrer Freude widersetzt. Gertrudes vollkommenes Glück, das aus ihrem ganzen Wesen strahlt, kommt daher, daß sie die Sünde nicht kennt. In ihr ist nur Klarheit, Liebe.

Ich habe in ihre umsichtigen Hände die vier Evangelien gelegt, die Psalmen, die Apokalypse und die drei Briefe des Johannes, in denen sie lesen kann, «daß Gott Licht ist, und in ihm ist keine Finsternis», wie sie schon in ihrem Evangelium den Erlöser hatte sagen hören: «Ich bin das Licht der Welt; wer mir nachfolgt, der wird nicht wandeln in der Finsternis.» Ich weigere mich, ihr die Briefe des Paulus zu geben, denn da sie als Blinde die Sünde nicht kennt, wozu sollte man sie dann mit den folgenden Worten beunruhigen: «Da aber das Gebot kam, ward die Sünde wieder lebendig» (Römer VII,9), und der ganzen folgenden Dialektik, so wunderbar sie auch ist?

8. Mai

Doktor Martins ist gestern aus La Chaux-de-Fonds gekommen. Er hat Gertrudes Augen lange mit dem Augenspiegel untersucht. Er sagte mir, er habe mit Doktor Roux über sie gesprochen, dem Spezialisten in Lausanne, dem er seine Beobachtungen mitteilen solle. Die beiden sind der Ansicht, daß man Gertrude operieren könne. Wir sind jedoch übereingekommen, ihr nichts davon zu sagen, solange es keine größere Gewißheit gibt. Martins soll mich nach der Beratung informieren. Wozu soll man in Gertrude eine Hoffnung wecken, die vielleicht sofort wieder zerstört werden muß? – Außerdem, ist sie nicht glücklich so? . . .

10. Mai

Zu Ostern haben sich Jacques und Gertrude wiedergesehen, in meiner Gegenwart – zumindest hat Jacques Gertrude wiedergesehen und hat mit ihr gesprochen, doch nur über unbedeutende Dinge. Er hat sich weniger bewegt gezeigt, als ich hätte fürchten können, und ich bin erneut davon überzeugt, daß seine Liebe, wenn sie wirklich glühend gewesen wäre, sich nicht so leicht hätte zügeln lassen, auch wenn Gertrude ihm vor seiner Abreise im vergangenen Jahr erklärt hatte, daß diese Liebe ohne Hoffnung bleiben müsse. Ich habe festgestellt, daß er Gertrude jetzt siezt, was ohne Zweifel besser ist. Immerhin hatte ich ihn nicht dazu aufgefordert, so daß ich mich freue, weil er es von selbst begriffen hat. Unbestreitbar ist sehr viel Gutes in ihm.

Dennoch vermute ich, daß Jacques' Unterwerfung nicht ohne innere Auseinandersetzungen und Kämpfe vor sich ging. Unangenehm ist, daß der Zwang, den er seinem Herzen hatte auferlegen müssen, ihm jetzt als solcher gut erscheint; er würde ihn gern allen auferlegt sehen; ich habe das in der Diskussion empfunden, die ich vor kurzem mit ihm hatte und die ich bereits wiedergegeben habe. War es nicht La Rochefoucauld, der gesagt hat, das Herz hält oft den Geist zum Narren? Selbstverständlich habe ich nicht gewagt, Jacques sofort darauf hinzuweisen, da ich seinen Charakter kenne und ihn für einen von jenen halte, die sich durch eine Diskussion nur noch mehr in ihre Meinung verrennen. Doch noch am gleichen Abend, da ich ausgerechnet bei Paulus (ich kann ihn nur mit seinen eigenen Waffen schlagen) eine Antwort für ihn gefunden hatte, hinterließ ich ihm einen Zettel in seinem Zimmer, auf dem er lesen konnte: «Welcher nicht ißt, der richte nicht den, der da ißt, denn Gott hat ihn aufgenommen» (Römer XIV,3).

Ich hätte ebensogut die Fortsetzung schreiben können: «Ich weiß und bin es gewiß in dem Herrn Jesu, daß nichts gemein ist an sich; ohne der es rechnet für gemein, demselben ist es gemein» – aber ich habe es nicht gewagt, da ich fürchtete, Jacques würde in meinen Gedanken in bezug auf Gertrude eine beleidigende Deutung vermuten, die in seinen Gedanken gar nicht auftauchen soll. Natürlich geht es hier um Speisen; doch an wie vielen anderen Stellen der Heiligen Schrift werden wir nicht aufgefordert, doppelten und dreifachen Sinn zu sehen? («Wenn dein Auge...»; die Speisung der Fünftausend; die Hochzeit zu Kana usw.) Es geht hier nicht um Rechthaberei, die Bedeutung dieses Verses ist groß und tief: Ihre Einschränkung sollte nicht vom Gesetz bestimmt sein, sondern von der Liebe, und der heilige Paulus ruft sofort danach aus: «So aber dein Bruder über deiner Speise betrübet wird, so wandelst du schon nicht nach der Liebe.» Wenn die Liebe fehlt, greift uns das Böse an. O Herr! nimm aus meinem Herzen alles, was nicht der

Liebe gehört … Denn ich hatte unrecht, Jacques herauszufordern; am folgenden Tag fand ich auf meinem
Tisch den gleichen Zettel, auf den ich den Vers geschrieben hatte: Auf die Rückseite hatte Jacques nur
jenen andern Vers des gleichen Kapitels geschrieben:
«Verderbe den nicht mit deiner Speise, um welches
willen Christus gestorben ist» (Römer, XIV,15).
Ich lese noch einmal das ganze Kapitel. Es ist der
Beginn einer endlosen Auseinandersetzung. Und ich
sollte mit dieser Ratlosigkeit Gertrude quälen, ihren
lichten Himmel mit diesen Wolken verdunkeln? –
Bin ich Christo nicht näher, und bewahre ich sie selbst
nicht in ihm, wenn ich sie lehre und glauben lasse, die
einzige Sünde sei es, das Glück der anderen zu zerstö-
ren oder unser eigenes zu gefährden?
Doch ach! manche Seelen zeigen sich dem Glück
gegenüber besonders widerspenstig; unfähig, ungeschickt … Ich denke an meine arme Amélie. Ich for-
dere sie unaufhörlich dazu auf, dränge sie und würde
sie gern dazu zwingen. Ja, ich möchte jeden bis zu
Gott erheben. Doch sie entzieht sich ständig, ver-
schließt sich wie manche Blumen, die von keiner
Sonne entfaltet werden. Alles, was sie sieht, beunruhigt und bekümmert sie.
«Was willst du, mein Freund», hat sie mir neulich
geantwortet, «leider bin ich nicht blind.»
Oh, wie schmerzlich ihre Ironie für mich ist, und
wieviel Tugend ich brauche, um mich nicht von ihr
verwirren zu lassen! Dabei sollte sie doch begreifen,
scheint mir, daß diese Anspielung auf Gertrudes Gebrechen mich besonders verletzen muß. Im übrigen

läßt sie mich damit fühlen, wie sehr ich bei Gertrude vor allem ihre unendliche Nachsicht bewundere: Nie habe ich sie den kleinsten Vorwurf gegen andere aussprechen hören. Allerdings lasse ich auch nichts an sie heran, was sie verletzen könnte.

Und ebenso wie die glückliche Seele, indem sie Liebe ausstrahlt, Glück um sich verbreitet, wird in Amélies Umgebung alles dunkel und mürrisch. Amiel würde schreiben, daß ihre Seele schwarze Strahlen aussendet. Wenn ich nach einem Tag des ständigen Ringens, von Besuchen bei Armen, Kranken und Unglücklichen spät am Abend manchmal erschöpft nach Hause komme, das Herz von dem tiefen Bedürfnis nach Ruhe, Zuneigung und Wärme erfüllt, finde ich meistens in meinem Haus nur Sorgen, Nörgeleien und Reibereien, denen ich die Kälte, den Wind und den Regen draußen tausendmal vorziehen würde. Ich weiß sehr wohl, daß unsere alte Rosalie darauf besteht, alles nur nach ihrem eigenen Kopf zu machen, doch hat sie nicht immer unrecht; vor allem hat Amélie nicht immer recht, wenn sie sie zum Nachgeben zwingt. Ich weiß sehr wohl, daß Charlotte und Gaspard schrecklich wild sind; doch würde Amélie nicht mehr erreichen, wenn sie etwas weniger laut und weniger oft mit ihnen schimpfte? So viele Zurechtweisungen, Ermahnungen, Strafen schleifen sich ab, gleich den Kieseln am Strand; die Kinder stört das viel weniger als mich. Ich weiß wohl, daß der kleine Claude Zähne bekommt (jedenfalls behauptet das stets seine Mutter, wenn er zu schreien anfängt), aber wird er nicht zum Schreien herausgefordert, wenn sofort jemand angerannt kommt, sie oder Sarah, und ihn ständig verhätschelt? Ich bin überzeugt, daß er weniger schreien würde, sobald man ihn manches gute Mal, während ich nicht da bin, sich richtig ausbrüllen ließe. Aber ich weiß sehr wohl, daß sie gerade dann besonders um ihn bemüht sind.

Sarah gleicht ihrer Mutter, deshalb hätte ich sie gern in Pension gegeben. Leider gleicht sie ihrer Mutter nicht in ihrem eigenen Alter, zu der Zeit, als wir uns verlobten, sondern in dem, was die Sorgen des Alltags, fast hätte ich gesagt: das Pflegen dieser Sorgen (denn sicher pflegt Amélie sie), aus ihr gemacht haben. Gewiß habe ich große Mühe, heute in ihr den Engel zu erkennen, der früher jedem edlen Aufschwung meines Herzens zulächelte, von dem ich träumte, ihn untrennbar mit meinem Leben zu verbinden, und von dem es mir schien, er würde mir vorausschreiten und mich zum Licht führen – oder betrog mich damals meine Liebe? . . . Denn ich entdecke nichts als banale Gedanken bei Sarah; nach Art ihrer Mutter ist sie nur mit kleinlichen Sorgen beschäftigt; selbst ihre von keiner inneren Flamme vergeistigten Gesichtszüge sind freudlos, fast hart. Keinerlei Sinn für Poesie, ja überhaupt nicht für Lektüre; niemals überrasche ich zwischen ihr und ihrer Mutter ein Gespräch, an dem ich gern teilgenommen hätte, und in ihrer Nähe fühle ich noch schmerzlicher meine Vereinsamung, als wenn ich mich in mein Arbeitszimmer zurückziehe, so wie ich es jetzt immer häufiger zu tun pflege.

Seit dem Herbst habe ich auch, ermutigt von dem

raschen Einbruch der Nacht, die Gewohnheit angenommen, jedesmal, wenn es meine Besuche in der
Gemeinde erlaubt, das heißt, wenn ich zeitig genug
nach Hause kommen kann, den Tee bei Mademoiselle
de la M... zu nehmen. Ich habe noch nicht gesagt,
daß Louise de la M... seit letztem November auf
Vorschlag von Martins noch drei kleine Blinde aufgenommen hat, denen Gertrude ihrerseits Lesen bei-
bringt und verschiedene kleine Arbeiten, in deren
Ausführung sich die Mädchen recht geschickt zeigen.
Welche Erholung, welche Stärkung für mich jedes
Mal, wenn ich in die heimelige Atmosphäre von *La
Grange* zurückkehre, und wie ich sie entbehre, wenn
ich ab und zu ein paar Tage abwesend bleiben muß.
Mademoiselle de la M... ist selbstverständlich in der
Lage, Gertrude und die drei kleinen Pensionärinnen
beherbergen zu können, ohne sich einschränken oder
sich wegen ihrer Versorgung Gedanken machen zu
müssen; drei Hausmädchen helfen mit großer Erge-
benheit und ersparen ihr jede Anstrengung. Doch
könnte man behaupten, daß Vermögen und Muße
jemals verdienter wären? Zu allen Zeiten hat sich
Louise de la M... sehr viel um die Armen gekümmert; sie ist eine tief religiöse Seele, die sich dieser Erde
zur Verfügung zu stellen scheint und nur auf ihr lebt,
um zu lieben; trotz ihres bereits fast vollkommen sil-
bernen, von einer Spitzenhaube eingefaßten Haares ist
ihr Lächeln ganz kindlich, und es gibt nichts Harmo-
nischeres als ihre Bewegungen, nichts Klangvolleres
als ihre Stimme. Gertrude hat ihre Manieren angenommen, ihre Sprechweise, etwas Melodisches nicht

nur in der Stimme, sondern auch in den Gedanken, im ganzen Wesen – eine Ähnlichkeit, mit der ich beide necke, doch die keine von ihnen bemerken will. Wie wohl mir ist, wenn ich Zeit habe, ein wenig bei ihnen zu verweilen, sie beieinander sitzen zu sehen, wie Gertrude ihre Stirn an die Schulter ihrer Freundin lehnt oder eine ihrer Hände den ihren überläßt und sie mir beim Lesen der Verse Lamartines oder Hugos zuhören; wie wohl mir ist, in ihren klaren Seelen den Widerschein dieser Poesie zu betrachten! Selbst die kleinen Schülerinnen bleiben nicht unempfänglich dafür. In dieser friedlichen, liebevollen Atmosphäre entwickeln sich die Kinder erstaunlich gut und machen bemerkenswerte Fortschritte. Ich hatte zunächst gelächelt, als Mademoiselle Louise davon sprach, ihnen Tanzen beizubringen, aus Gründen der Gesundheit ebenso wie zum Vergnügen; doch heute bewundere ich die rhythmische Grazie ihrer Bewegungen, die sie jedoch, ach! selbst nicht zu schätzen vermögen. Dennoch überzeugt Louise de la M ... mich davon, daß sie, auch wenn sie die Bewegungen nicht sehen können, doch deren Harmonie in ihren Muskeln wahrnehmen. Gertrude nimmt an diesen Tänzen mit einer reizenden Anmut teil und hat im übrigen ein lebhaftes Vergnügen daran. Manchmal beteiligt sich auch Louise de la M ... am Spiel der Kleinen, und dann setzt sich Gertrude ans Klavier. Ihre musikalischen Fortschritte sind überraschend; jetzt spielt sie jeden Sonntag das Harmonium in der Kirche und leitet den Gesang der Gemeinde mit kleinen Improvisationen ein.

Jeden Sonntag kommt sie zum Mittagessen zu uns; meine Kinder sehen sie mit Freude wieder, obwohl ihre Neigungen immer mehr voneinander abweichen. Amélie zeigt sich nicht allzu nervös, und die Mahlzeit verläuft ohne Zwischenfälle. Dann begleitet die ganze Familie Gertrude zurück und trinkt in *La Grange* Tee. Das ist ein Fest für meine Kinder, die Louise gern verwöhnt und mit Leckereien überhäuft. Selbst Amélie, die für Aufmerksamkeiten durchaus empfänglich ist, heitert endlich auf und scheint ganz verjüngt. Ich glaube, sie würde auf diese Unterbrechung im eintönigen Gang ihres Lebens von nun an nur schwer verzichten.

18. Mai

Jetzt, da die schönen Tage wiederkommen, habe ich erneut mit Gertrude hinausgehen können, was seit langem nicht mehr geschehen ist (denn noch vor kurzem hatte es neue Schneefälle gegeben, und die Straßen waren bis in die letzten Tage hinein in einem schrecklichen Zustand), ebensowenig wie es seit langem nicht mehr geschehen ist, daß ich mit ihr allein war.

Wir sind rasch gegangen; die kalte Luft färbte ihre Wangen und wehte ihr unaufhörlich das blonde Haar ins Gesicht. Als wir an einem Torfmoor vorbeigingen, pflückte ich ein paar blühende Binsen, deren Stengel ich ihr unter die Mütze schob und dann mit ihrem Haar zusammenflocht, um ihnen Halt zu geben.

Wir hatten noch kaum gesprochen, ganz überrascht davon, allein miteinander zu sein, als Gertrude mir ihr blickloses Gesicht zuwandte und unvermittelt fragte: «Glauben Sie, daß Jacques mich noch liebt?» «Er hat sich damit abgefunden, auf dich zu verzichten», antwortete ich sofort.

«Aber glauben Sie, er weiß, daß Sie mich lieben?» begann sie erneut.

Seit dem Gespräch im vergangenen Sommer, das ich hier wiedergegeben habe, ist mehr als ein halbes Jahr vergangen, ohne daß (ich wundere mich) das geringste Wort von Liebe noch einmal zwischen uns gefallen wäre. Wir waren nie allein gewesen, wie ich schon sagte, und das war besser so. Gertrudes Frage ließ mein Herz so heftig schlagen, daß ich etwas langsamer gehen mußte.

«Aber alle wissen, daß ich dich liebe, Gertrude», rief ich aus. Sie ließ sich nicht beirren.

«Nein, nein; Sie antworten nicht auf meine Frage.» Und nach einem kurzen Schweigen begann sie erneut, den Kopf gesenkt:

«Meine Tante Amélie weiß es; und ich weiß, daß es sie traurig macht.»

«Sie wäre auch ohne das traurig», beteuerte ich mit unsicherer Stimme. «Es liegt in ihrer Art, traurig zu sein.»

«Ach, Sie versuchen immer, mich zu beruhigen», sagte sie leicht ungeduldig. «Aber ich will nicht beruhigt werden. Es gibt viele Dinge, ich weiß das, über die Sie mich in Unkenntnis lassen, aus Furcht, mich zu beunruhigen oder mir Kummer zu bereiten; sehr viele Dinge, von denen ich nichts weiß, so daß es mir manchmal...»

Ihre Stimme wurde immer leiser; sie hielt inne, als sei sie außer Atem.

Und als ich ihre letzten Worte fragend wiederholte: «Daß es dir manchmal...?», fuhr sie traurig fort: «So daß es mir manchmal vorkommt, als beruhe alles Glück, das ich Ihnen verdanke, auf Unwissenheit.»

«Aber Gertrude...»

«Nein, lassen Sie es mich Ihnen sagen: Ich will ein solches Glück nicht. Verstehen Sie doch, daß ich nicht... Ich will nicht glücklich sein. Ich möchte wissen. Es gibt viele Dinge, traurige Dinge sicher, die ich nicht sehen kann, doch haben Sie kein Recht, sie mir zu verheimlichen. Ich habe in den vergangenen Wintermonaten lange darüber nachgedacht; ich fürchte, daß die Welt nicht so schön ist, wie Sie mich haben glauben lassen, Herr Pastor, und sogar bei weitem nicht.»

«Es ist wahr, der Mensch hat die Erde häufig verunstaltet», brachte ich ängstlich vor, denn die Kraft ihrer Gedanken machte mir Angst, und ich versuchte sie abzulenken, obwohl ich nicht auf Erfolg hoffte. Es schien, als wartete sie auf die wenigen Worte, denn sie bemächtigte sich ihrer sofort wie eines Kettengliedes, dank dessen sich die Kette schließen konnte.

«Das ist es ja», rief sie, «und ich möchte sicher sein, daß ich dem Schlechten nichts hinzufüge.»

Wir gingen lange weiter, schnell und schweigend. Alles, was ich ihr hätte sagen können, stieß sich im voraus an dem, was sie, wie ich fühlte, dachte; ich fürchtete, einen Satz herauszufordern, von dem unser beider Schicksal abhing. Und als ich daran dachte, was mir Martins gesagt hatte, nämlich daß man ihr vielleicht das Augenlicht zurückgeben könne, preßte mir eine furchtbare Angst das Herz zusammen.

«Ich wollte Sie fragen...», begann sie schließlich, «aber ich weiß nicht, wie ich es sagen soll...»

Bestimmt nahm sie ihren ganzen Mut zusammen, so wie ich meinen zusammennahm, um ihr zuzuhören. Doch wie hätte ich die Frage voraussehen können, die sie quälte?

«Die Kinder einer Blinden, kommen die zwangsläufig auch blind auf die Welt?»

Ich weiß nicht, wen von uns beiden dieses Gespräch mehr bedrückte, doch jetzt mußten wir es weiterführen.

«Nein, Gertrude», antwortete ich ihr, «es sei denn in ganz besonderen Fällen. Es gibt überhaupt keinen Grund dafür.»

Sie schien außerordentlich beruhigt. Ich hätte sie meinerseits gern gefragt, warum sie mich das fragte; doch ich hatte keinen Mut dazu und fuhr ungeschickt fort: «Aber Gertrude, um Kinder zu haben, muß man verheiratet sein.»

«Sagen Sie das nicht, Herr Pastor. Ich weiß, daß es nicht wahr ist.»

«Ich habe dir gesagt, was der Anstand gebietet, dir zu sagen», beteuerte ich. «In der Tat erlauben die Gesetze der Natur, was die Gesetze der Menschen und Gottes Gebote verbieten.»

«Sie haben mir oft gesagt, daß Gottes Gebote die der Liebe sind.»

75

«Die Liebe, die hier spricht, ist nicht mehr jene, die man auch Barmherzigkeit nennen kann.»

«Lieben Sie mich aus Barmherzigkeit?»

«Nein, das weißt du genau, liebe Gertrude.»

«Aber dann geben Sie zu, daß unsere Liebe sich Gottes Geboten entzieht?»

«Was willst du damit sagen?»

«Das wissen Sie sehr genau, und es ist nicht an mir, darüber zu sprechen.»

Vergebens versuchte ich auszuweichen; mein Herz schlug zum Rückzug meiner sich auflösenden Argumente. Tief bestürzt rief ich aus:

«Gertrude ... hältst du deine Liebe für schuldig?»

Sie verbesserte:

«*Unsere* Liebe ... Ich sage mir, daß ich sie dafür halten müßte.»

«Und? ...»

Überrascht entdeckte ich etwas Beschwörendes in meiner Stimme, während sie ohne Atem zu holen weitersprach:

«Aber daß ich nicht aufhören kann, Sie zu lieben.»

All das hat sich gestern zugetragen. Ich habe zunächst gezögert, es aufzuschreiben ... Ich weiß nicht mehr, wie der Spaziergang endete. Wir liefen mit schnellen Schritten, wie auf der Flucht, und ich hielt ihren Arm fest an mich gepreßt. Meine Seele hatte sich völlig von meinem Körper gelöst – mir schien, der kleinste Kiesel auf dem Weg würde uns beide zu Boden stürzen lassen.

19. Mai

Martins war heute morgen wieder da. Gertrude kann operiert werden. Roux bestätigt es und bittet, daß man sie ihm einige Zeit anvertraut. Ich kann mich dem nicht widersetzen, und dennoch habe ich feige um Bedenkzeit gebeten. Ich habe darum gebeten, daß ich sie vorsichtig darauf vorbereiten darf... Mein Herz sollte vor Freude springen, aber ich fühle es schwer in mir lasten, voll unerklärlicher Angst. Bei dem Gedanken, Gertrude eröffnen zu müssen, daß ihr das Augenlicht wiedergegeben werden kann, versagt mir das Herz.

Nacht zum 20. Mai

Ich habe Gertrude wiedergesehen und habe ihr nichts gesagt. Da niemand im Salon war heute abend in *La Grange,* bin ich in ihr Zimmer hinaufgegangen. Wir waren allein.

Ich habe sie lange an mich gepreßt. Sie hat keine Bewegung der Abwehr gemacht, und als sie ihre Stirn zu mir hob, haben sich unsere Lippen getroffen...

21. Mai

O Herr, hast du für uns die Nacht so tief und so schön gemacht? Für mich? Die Luft ist mild, durch mein offenes Fenster scheint der Mond, und ich lausche der unermeßlichen Stille des Himmels. O verworrene Anbetung alles Geschaffenen, in der mein Herz in einer wortlosen Ekstase schmilzt. Ich kann nur noch in glühender Hingabe beten. Wenn es eine Begrenzung in der Liebe gibt, dann kommt sie nicht von Dir, mein göttlicher Vater, sondern von den Menschen. So schuldig meine Liebe in den Augen der Menschen auch erscheinen mag, o sage mir, daß sie in den Deinen heilig ist.

Ich versuche, mich über den Gedanken der Sünde zu erheben, aber die Sünde erscheint mir unerträglich, und ich will Christum nicht verlassen. Nein, ich weise es zurück, daß ich sündige, wenn ich Gertrude liebe. Ich kann diese Liebe nur aus meinem Herzen reißen, indem ich mein Herz selbst herausreiße, und weshalb? Wenn ich sie nicht bereits liebte, müßte ich sie aus Mitleid lieben; sie nicht mehr lieben, hieße sie verraten: Sie braucht meine Liebe . . .

Herr, ich weiß keinen Rat mehr . . . Ich weiß nur noch, daß es Dich gibt. Führe mich. Manchmal scheint es mir, als versänke ich in der Finsternis und als nähme man mir das Augenlicht, das man ihr zurückgeben wird.

Gertrude ist gestern in die Klinik von Lausanne gegangen, aus der sie erst in zwanzig Tagen entlassen werden soll. Ich erwarte ihre Rückkehr mit einer extremen Furcht. Martins wird sie uns zurückbringen. Sie hat mir das Versprechen abgenommen, daß ich bis dahin nicht versuchen werde, sie zu sehen.

22. Mai

Brief von Martins: Die Operation ist gelungen. Der Herr sei gelobt!

24. Mai

Der Gedanke, von ihr gesehen zu werden, von ihr, die mich bisher liebte, ohne mich zu sehen – dieser Gedanke verursacht mir eine unerträgliche Beklemmung. Wird sie mich erkennen? Zum ersten Mal in meinem Leben befrage ich ängstlich den Spiegel. Wenn ich ihren Blick als weniger nachsichtig empfinde, als es ihr Herz war, und weniger liebevoll, was wird dann aus mir? O Herr, es will mir manchmal scheinen, daß ich ihrer Liebe bedarf, um Dich zu lieben.

27. Mai

Ein Übermaß an Arbeit hat es mir ermöglicht, die letzten Tage ohne allzu große Ungeduld zu überstehen. Jede Beschäftigung, die mich mir selbst entreißt, sei gesegnet; doch den ganzen Tag lang, hinter allem, folgt mir ihr Bild.

Morgen soll sie zurückkommen. Amélie, die sich während dieser Woche von ihrer besten Art gezeigt hat und es sich zur Aufgabe gemacht zu haben schien, mich die Abwesende vergessen zu lassen, bereitet sich mit den Kindern darauf vor, ihre Rückkehr zu feiern.

28. Mai

Gaspard und Charlotte haben gepflückt, was sie an Blumen im Wald und auf den Wiesen finden konnten. Die alte Rosalie verfertigt einen riesigen Kuchen, den Sarah mit irgendwelchen Verzierungen aus Goldpapier schmückt. Wir erwarten sie für heute mittag. Ich schreibe, um das Warten zu verkürzen. Es ist elf Uhr. Jeden Augenblick hebe ich den Kopf und sehe zur Straße, auf der Martins' Wagen kommen muß. Ich beherrsche mich und gehe ihnen nicht entgegen; es ist besser, allein aus Rücksicht auf Amélie, meinen Empfang nicht von ihrem zu trennen. Mein Herz stürmt ihnen entgegen ... ah! da sind sie!

28. abends

In welch furchtbarer Nacht ich versinke!
Erbarmen, Herr, Erbarmen!
Ich werde auf meine Liebe verzichten, aber Du, Herr, laß Du nicht zu, daß sie stirbt!

Wie recht ich mit meiner Angst hatte! Was hat sie getan? Was hat sie tun wollen? Amélie und Sarah haben mir gesagt, sie hätten sie bis zur Türe von *La Grange* gebracht, wo Mademoiselle de la M ... sie erwartete. Sie hat also noch einmal weggehen wollen ... Was ist vorgefallen?
Ich versuche, etwas Ordnung in meine Gedanken zu bringen. Die Berichte, die ich bekomme, sind unverständlich oder widersprüchlich. Alles verwirrt sich in meinem Kopf ... Der Gärtner von Mademoiselle de la M ... hat sie ohnmächtig nach *La Grange* gebracht; er sagt, er habe sie am Fluß entlanggehen und dann die Brücke zum Garten überqueren sehen, dann habe sie sich vorgebeugt und sei verschwunden; doch da er zunächst nicht begriffen hatte, daß sie hinuntergefallen war, ist er nicht sofort hingelaufen, wie er es hätte tun müssen; er hat sie bei der kleinen Schleuse gefunden, wohin die Strömung sie getragen hatte. Als ich sie etwas später gesehen habe, war sie noch nicht

wieder bei Bewußtsein, oder vielmehr sie hatte das
Bewußtsein wieder verloren, denn dank der sofort
angewandten Fürsorge war sie einen Augenblick zu
sich gekommen. Martins, der, Gott sei Dank, noch
nicht abgefahren war, kann sich die Betäubung und
Apathie, in die sie verfallen ist, schlecht erklären; vergebens hat er sie befragt; man könnte meinen, sie
verstehe nichts oder sie habe zu schweigen beschlossen. Sie atmet sehr mühsam, und Martins fürchtet eine
Lungenstauung; er hat ihr Senfpflaster aufgelegt und
Schröpfköpfe angesetzt und versprochen, morgen
wieder zu kommen. Es war ein Fehler, daß man sie zu
lange in ihren nassen Kleidern gelassen hat, während
man sich zunächst bemühte, sie wieder zu sich zu
bringen, das Flußwasser ist eisig. Mademoiselle de la
M…, die als einzige ein paar Worte aus ihr her-
ausbringen konnte, behauptet, sie habe Vergißmeinnichte pflücken wollen, die auf dieser Seite des Flus-
ses in Mengen wachsen, und da sie noch keine Erfah-
rung im Abschätzen der Entfernungen habe oder der
schwimmende Blumenteppich ihr als fester Grund
erschienen sei, habe sie plötzlich den Boden unter den
Füßen verloren… Wenn ich das glauben könnte!
mich davon überzeugen könnte, daß es nur ein Unfall
war, welch furchtbare Last wäre dann von meiner
Seele genommen! Während der ganzen Mahlzeit, die
doch so fröhlich war, hatte mich das seltsame Lächeln
beunruhigt, das nicht aus ihrem Gesicht schwand; ein
gezwungenes Lächeln, das ich an ihr nicht kannte;
aber ich hatte mich bemüht, es für das Lächeln ihres
neuen Blickes zu halten; ein Lächeln, das aus ihren

Augen wie Tränen über ihr Gesicht zu rinnen schien und neben dem die grobe Freude der andern mich schmerzte. Sie hatte sich nicht in diese Freude gemischt; man hätte meinen können, sie habe ein Geheimnis entdeckt, das sie mir ohne Zweifel anvertraut hätte, wenn ich allein mit ihr gewesen wäre. Sie sprach fast nichts, doch niemand war darüber erstaunt, da sie in Gesellschaft anderer, um so mehr wenn sie ausgelassen sind, häufig still ist.

Herr, ich flehe Dich an: Erlaube mir, mit ihr zu sprechen. Ich muß es wissen, wie könnte ich sonst weiterleben?... Und dennoch, wenn es so ist, daß sie ihr Leben beenden wollte, ist es deshalb, weil sie wußte? Was wußte? Liebste Freundin, was hast du so Schreckliches erfahren? Was habe ich dir Tödliches verschwiegen, was du plötzlich hast sehen können?

Ich habe länger als zwei Stunden an ihrem Bett verbracht und meine Augen nicht von ihrer Stirn abgewandt, von ihren blassen Wangen, ihren zarten, über einem unsagbaren Kummer geschlossenen Lidern, ihrem noch feuchten Haar, das wie Algen auf ihrem Kopfkissen ausgebreitet lag, und habe ihrem schweren, stockenden Atem gelauscht.

29. Mai

Mademoiselle Louise hat mich heute morgen holen lassen, gerade in dem Augenblick, als ich nach *La Grange* gehen wollte. Nach einer ziemlich ruhigen Nacht ist Gertrude endlich zu sich gekommen. Sie hat mich angelächelt, als ich in ihr Zimmer trat, und mir ein Zeichen gemacht, ich solle mich an ihr Bett setzen.

Ich wagte nicht, sie zu fragen, und ohne Zweifel fürchtete sie sich davor, denn, wie um jeder Gefühls-äußerung zuvorzukommen, hat sie sofort zu mir gesagt:

«Wie nennen Sie die kleinen blauen Blumen, die ich am Fluß pflücken wollte und die die Farbe des Himmels haben? Sie sind geschickter als ich, würden Sie mir einen Strauß pflücken? Dann hätte ich ihn hier, neben meinem Bett...»

Die gekünstelte Heiterkeit ihrer Stimme tat mir weh; und sicher merkte sie das, denn sie fügte ernster hinzu:

«Ich kann heute morgen nicht mit Ihnen sprechen; ich bin zu müde. Pflücken Sie die Blumen für mich, bitte! Dann kommen Sie wieder.»

Und als ich ihr eine Stunde später einen Strauß Vergißmeinnichte bringen wollte, sagte mir Mademoiselle Louise, daß Gertrude wieder schliefe und mich vor dem Abend nicht empfangen könne.

Heute abend habe ich sie gesehen. Ein Stapel Kissen stützte sie in ihrem Bett, so daß sie fast saß. In ihre jetzt geordneten und über der Stirn geflochtenen Haare waren die Vergißmeinnichte gesteckt, die ich für sie gepflückt hatte.

Sie hatte sichtlich Fieber und litt unter Atembeklemmung. Sie hielt meine ausgestreckte Hand in ihrer glühheißen eigenen fest; ich blieb neben ihr stehen.

«Ich muß Ihnen ein Geständnis machen, Herr Pastor, denn heute abend habe ich Angst zu sterben», sagte sie.

«Ich habe Sie heute morgen belogen. Ich wollte keine Blumen pflücken... Sie werden mir verzeihen, wenn ich Ihnen sage, daß ich mir das Leben nehmen wollte?»

Ich fiel vor ihrem Bett auf die Knie, ohne ihre zarte Hand aus der meinen zu lassen; doch sie machte sich los und begann, meine Stirn zu streicheln, während ich mein Gesicht in ihre Decke drückte, um ihr meine Tränen zu verbergen und mein Schluchzen zu ersticken.

«Finden Sie, daß das etwas sehr Schlechtes ist?» fragte sie sanft; und da ich nicht antwortete, fuhr sie fort:

«Nein, lieber, lieber Freund, Sie sehen, ich nehme zu viel Platz in Ihrem Herzen und Ihrem Leben ein. Als ich zu Ihnen zurückgekehrt bin, habe ich das sofort erkannt; oder zumindest, daß der Platz, den ich eingenommen habe, der einer anderen ist, die das bekümmert. Mein Verbrechen besteht darin, daß ich das nicht früher gefühlt habe; oder zumindest – denn ich wußte es wohl –, daß ich trotzdem Ihre Liebe zugelassen habe. Doch als ich plötzlich ihr Gesicht sah, als ich auf ihrem armen Gesicht so viel Trauer sah, habe ich den Gedanken nicht mehr ertragen können, daß diese Trauer mein Werk ist... Nein, nein, machen Sie sich keine Vorwürfe; doch lassen Sie mich weggehen und geben Sie ihr ihre Freude zurück.»

Die Hand hörte auf, meine Stirn zu streicheln; ich ergriff sie und bedeckte sie mit Küssen und Tränen. Doch sie entzog sie mir ungeduldig, und eine neue Angst erfaßte sie.

«Das war es nicht, was ich Ihnen sagen wollte; nein, das wollte ich nicht sagen», wiederholte sie; und ich sah, wie der Schweiß auf ihre Stirn trat. Dann senkte sie ihre Lider und hielt einige Zeit die Augen geschlossen, wie um ihre Gedanken zu sammeln oder ihre frühere Blindheit wiederzufinden; und mit einer Stimme, die zunächst schleppend und verzweifelt war, sich jedoch bald kräftigte, während sie die Augen wieder öffnete, sich schließlich belebte und fast heftig wurde, sagte sie:

«Als Sie mir das Augenlicht zurückgaben, hat sich mein Blick auf eine Welt geöffnet, die schöner ist, als ich es mir je hatte träumen lassen; ja wirklich, ich hatte mir den Tag nicht so hell vorgestellt, die Luft nicht so leuchtend, den Himmel nicht so weit. Aber ich hatte mir auch die Stirn der Menschen nicht so sorgenvoll vorgestellt; und als ich bei Ihnen eintrat, wissen Sie, was ich als erstes sah?... Ach, ich muß es Ihnen doch sagen: Als erstes sah ich unsere Schuld, unsere Sünde. Nein, widersprechen Sie nicht: ‹Wäret ihr blind, so hättet ihr keine Sünde.› Doch jetzt sehe ich... Stehen Sie auf, Herr Pastor. Setzen Sie sich hierhin, neben mich. Hören Sie mich an, ohne mich zu unterbrechen. In der Zeit, die ich in der Klinik verbrachte, habe ich Bibelstellen gelesen oder vielmehr mir vorlesen lassen, die ich noch nicht kannte, die Sie mir nie vorgelesen haben. Ich erinnere mich an einen Vers des heiligen Paulus, den ich einen ganzen Tag lang ständig wiederholt habe: ‹Ich aber lebte weiland ohne Gesetz; da aber das Gebot kam, ward die Sünde wieder lebendig, ich aber starb.›»

Sie sprach in äußerster Erregung, sehr laut, und die letzten Worte schrie sie fast, so daß mich der Gedanke irritierte, man könnte sie draußen hören; dann schloß sie die Augen wieder und murmelte die letzten Worte wie für sich selbst:

«Da ward die Sünde wieder lebendig – ich aber starb.»

Mich schauderte, mein Herz war vor Entsetzen gelähmt. Ich wollte ihre Gedanken ablenken.

«Wer hat dir diese Stelle vorgelesen?» fragte ich.

«Jacques», antwortete sie, während sie die Augen öffnete und mich fest ansah. «Wußten Sie, daß er konvertiert ist?»

Das war zuviel; ich wollte sie anflehen zu schweigen, aber sie sprach bereits weiter:

«Ich werde Ihnen sehr viel Kummer bereiten, mein Freund, doch zwischen uns darf keine Lüge bleiben. Als ich Jacques sah, begriff ich plötzlich, daß ich nicht Sie geliebt habe; ihn habe ich geliebt. Er hatte genau Ihr Gesicht; ich meine das Gesicht, von dem ich mir vorgestellt hatte, es sei Ihres... Ach! Warum haben Sie mich ihn zurückweisen lassen? Ich hätte ihn heiraten können...»

«Aber Gertrude, du kannst es doch noch», rief ich verzweifelt.

«Er tritt in einen Orden ein», rief sie ungestüm. Dann wurde sie von Schluchzen geschüttelt: «Ach, ich möchte bei ihm die Beichte ablegen...», seufzte sie in einer Art Verzückung. «Sie sehen, es bleibt mir nur noch der Tod. Ich habe Durst. Rufen Sie jemanden, bitte. Ich ersticke. Lassen Sie mich allein. Ach, ich hatte gehofft, es würde mich mehr erleichtern, wenn ich so mit Ihnen spreche. Verlassen Sie mich. Trennen wir uns. Ich ertrage es nicht mehr, Sie zu sehen.»

Ich bin gegangen. Ich habe Mademoiselle de la M...
gerufen, damit sie meinen Platz bei ihr einnähme; ihre
heftige Erregtheit ließ alles befürchten, doch mußte
ich einsehen, daß meine Gegenwart diese noch stei-
gerte. Ich bat darum, mich zu rufen, wenn ihr Zustand sich verschlimmere.

30. Mai

Ach! Ich sollte sie erst wiedersehen, als sie entschla-
fen war. Heute morgen, bei Tagesanbruch, ist sie gestorben, nach einer qualvollen Nacht im Delirium.
Jacques, den Mademoiselle de la M... auf Gertrudes
letzten Wunsch hin durch ein Telegramm benachrich-
tigt hatte, ist wenige Stunden nach ihrem Ende ange-
kommen. Er hat mir den grausamen Vorwurf gemacht, keinen Priester geholt zu haben, als es noch
Zeit war. Doch wie hätte ich das tun können, da ich
noch gar nicht wußte, daß Gertrude während ihres
Aufenthaltes in Lausanne, natürlich auf sein Drängen
hin, unserem Glauben abgeschworen hatte. Im selben
Satz eröffnete er mir seine eigene Konversion und die
von Gertrude. So verließen mich die beiden Wesen
gleichzeitig; es schien, als hätten sie, im Leben durch
mich getrennt, ihre Flucht vor mir beschlossen und
ihre Vereinigung in Gott. Doch ich bin überzeugt,
daß bei Jacques' Konversion mehr Überlegung im
Spiel ist als Liebe.
«Es kommt mir nicht zu, Sie anzuklagen, Vater», hat
er mir gesagt, «aber Ihre Verirrung war das Beispiel,
das mich geleitet hat.»
Nach Jacques' Abreise habe ich mich neben Amélie

niedergekniet und sie ersucht, für mich zu beten, denn ich brauchte Hilfe. Sie sprach nur das Vaterunser, doch machte sie zwischen jedem Vers eine lange Pause, die erfüllt war von unserem Flehen zu Gott.

Ich hätte gern gebetet, aber mein Herz war trockener als eine Wüste.

ANDRÉ GIDE (1869–1951) wurde in Paris als Sohn des Juristen Paul Gide geboren, der einer alten Hugenottenfamilie entstammte, und nach dem frühen Tode des Vaters von seiner Mutter streng protestantisch erzogen. Die Auseinandersetzung mit der puritanischen Moral seines Elternhauses und dem kirchlichen Christentum bestimmte das literarische Werk ebenso wie etwa das Scheitern seiner langjährigen Freundschaft mit Paul Claudel, der ihn vergeblich zum Katholizismus zu bekehren versuchte («Les Nourritures terrestres», 1897; dt. ‹Uns nährt die Erde›. – «L'Immoraliste», 1902; dt. ‹Der Immoralist›. – «Les Caves du Vatican», 1914; dt. ‹Die Verliese des Vatikans›. – «La Symphonie pastorale», 1919; dt. ‹Die Pastoral-Symphonie›. – «Correspondance 1899–1926. Paul Claudel–André Gide», 1949; dt. ‹P. Claudel–A. Gide: Briefwechsel 1899–1926›).

Die 1895 nach langem Zögern geschlossene Ehe mit seiner Kusine Madeleine Rondeaux hat er später als das Drama seines Lebens bezeichnet, da er sich bald seiner Homosexualität entschieden bewußt wurde und sie in seinen Werken und autobiographischen Schriften mit bis dahin unbekannter Rückhaltlosigkeit bekannte («Corydon. Quatre Dialogues socratiques», 1911; dt. ‹Corydon. Vier sokratische Dialoge›. – «Si le Grain ne meurt», 1920/21; dt. ‹Stirb und werde›. – «Journal 1889–1939», 1939; dt. ‹Tagebuch 1889–1939›. – «Ainsi soit-il ou Les Jeux sont faits», 1952; dt. ‹So sei es oder Die Würfel sind gefallen›). Schopenhauer, vor allem aber Nietzsche waren die Philosophen, die ihn in seiner Lehre von der Emanzipation des Individuums aus den Fesseln von Tradition, Familie und gesellschaftlicher Moral bestärkten («Le Prométhée mal enchaîné», 1899; dt. ‹Der schlecht gefesselte Prometheus›. – «Le Retour de l'Enfant prodigue», 1907; dt. ‹Die Rückkehr des verlorenen Sohns›).

Leitstern und Vorbild war ihm auch Goethe für das Plädoyer einer Selbstverwirklichung im irdischen Diesseits, das von großem Einfluß auf den französischen Existentialismus wurde («Oedipe», 1931; dt. ‹Ödipus›. – «Thésée», 1946; dt. ‹Theseus›).

Gide unternahm zahlreiche Reisen, von denen insbesondere sein erster Afrika-Aufenthalt 1893/94 bedeutsam wurde durch die Entdeckung seiner Homosexualität und das Zusammentreffen mit Oscar Wilde. Seine zweite Afrikareise von 1925/26 veranlaßte ihn zu lebhafter Kritik an der französischen Kolonialpolitik und seinem vorübergehenden Engagement für den Kommunismus («Voyage au Congo», 1927; «Le Retour du Tchad», 1928; dt. ‹Kongo und Tschad›. – «Littérature engagée», 1950). Die Rußlandreise, die er auf Einladung der sowjetischen Regierung 1936 unternahm, führte allerdings zu einer erst vorsichtigen, dann energischen Distanzierung («Retour de l'U.R.S.S.», 1936; dt. ‹Zurück aus Sowjet-Rußland›. – «Retouches à mon Retour de l'U.R.S.S.», 1937; dt. ‹Retuschen zu meinem Rußlandbuch›).

André Gide begann sein literarisches Werk im Umkreis des Symbolismus und unter dem Einfluß Mallarmés («Les Cahiers d'André Walter», 1891; dt. ‹Das Tagebuch des André Walter›. – «Le Voyage d'Urien», 1893; dt. ‹Die Reise Uriens›. – «Paludes», 1895; dt. ‹Paludes›), er verfaßte eine der wichtigsten theoretischen Schriften des Symbolismus («Le Traité du Narcisse. Théorie du Symbole», 1891; dt. ‹Der Traktat vom Erlebnis des Narkissos. Theorie des Symbols›), wandte sich dann aber klassischen Erzählformen zu, bis er in seinem Hauptwerk zu einer eigenen, experimentell-avantgardistischen Romanform fand, dem Roman als Gegenstand des Romans («Les Faux-Monnayeurs», 1926; dt. ‹Die

Falschmünzer›). Gide hat darüber hinaus einige Dramen, zahlreiche Essays, kritische und autobiographische Schriften geschrieben, Goethe, Shakespeare, Whitman, Puschkin, Rilke und andere übersetzt. 1908 gründete er mit Freunden zusammen die wichtigste französische Literaturzeitschrift des 20. Jahrhunderts, die «Nouvelle Revue Française». 1947 erhielt er den Nobelpreis für Literatur.

«Die Pastoral-Symphonie» erschien zuerst 1919 in der Oktober- und der November-Nummer der «Nouvelle Revue Française», im gleichen Jahr als Buchausgabe und wurde 1925 erstmals ins Deutsche übersetzt. Die vorliegende Neuübersetzung ist der deutschen Gesamtausgabe der Werke André Gides entnommen, die von 1988 an in der Deutschen Verlags-Anstalt Stuttgart erscheint.

CIP-Kurztitelaufnahme der Deutschen Bibliothek

Gide, André:
Die Pastoral-Symphonie : e. Erzählung / André Gide.
Aus d. Franz. übertr. von Gerda Scheffel. –
Zürich : Manesse Verlag, 1987.
(Manesse Bücherei ; Bd. 3)
Einheitssacht.: La symphonie pastorale ‹dt.›
ISBN 3-7175-8113-9
NE: Scheffel, Gerda [Übers.]; GT

Buchgestaltung
Brigitte und Hans Peter Willberg, Eppstein

Titel der französischen Originalausgabe:
«La Symphonie pastorale»
Copyright © 1919 by Editions Gallimard, Paris
Copyright © 1987 für die vorliegende Ausgabe
by Manesse Verlag, Zürich
Mit freundlicher Genehmigung der
Deutschen Verlags-Anstalt, Stuttgart
Alle Rechte vorbehalten